最強の異世界
やりすぎ旅行記 5

A L P H A L I G H T

萩場ぬし

Hagiba Nusi

フィーナ
何かとアヤトに食ってかかる、
素直になれない魔族の少女。
ミーナ
アヤトと共に魔族大陸へやってきた、
寡黙な猫耳少女。
メア・ルーク・ワンド
ラライナ王国国王の孫娘。
お姫様だけど冒険者志望。
アヤト
本名、小鳥遊綾人。
元の世界で最強だからと
異世界に招待された青年。

アイラート
無表情だがユーモアを備えた、
魔城のメイド。
カタルラント
とある街で遭遇した、
ゴスロリ中二病少女。
白
不死身の肉体と
強大な力を持つ、謎の少女。
カイト
アヤトが通う学園の
後輩で、アヤトの弟子。
CHARACTERS
主な登場人物

第1話　喧騒のあと

カチカチと何かを打ち付けるような独特な音が聞こえ、目が覚める。

見覚えのない天井が目に入る。背中には硬い感触。

自分は今、床の上で横になって寝ているのだと理解した。

上体を起こしたら、背骨がボキッと鳴り「うっ」と声が出る。

近くでは、他にも数人が床に寝転がって寝息を立てたりいびきをかいたりして寝ている。

その光景を見た俺、小鳥遊綾人は呆れ笑いしつつ溜息を零した。

俺は今、剣と魔法で溢れる異世界にいる。

地球にいた頃の俺は、生まれた時から毎日、死にかけるような出来事に巻き込まれる不幸体質だった。しかし、世界屈指の武道家の一族に生まれたということもあって、理不尽な不幸にも打ち勝てるだけの力を鍛え手に入れたのだ。

そんなある日のこと、俺は驚愕の事実を知る。

シトという神様に出会い、俺が今まで遭ってきた事故の数々は、俺自身が持っていた特別な力が原因だと聞かされたのである。

宿主を必ず殺す『悪魔の呪い』と、寿命以外の死を回避する『神の加護』の二つ。

その結果——相互作用というやつなのか、死にはしないものの死にそうになることばかりが身の回りで起きていた、というわけだ。

シトは「世界最強」の俺を異世界に送ったらどうなるか、とかいう理由で俺に目を付けたらしい。

で、俺はシトから魔法適性ＭＡＸという特別な力……いわゆるチート能力ってやつを与えられ、異世界にやってきた。

そしてこの世界に来て最初の仲間……

「くかー……」

今そこで、両足を壁に沿ってくっ付けていびきを掻いている猫耳と尻尾の付いた少女、猫人族のミーナと出会ったんだよな。

どんだけ寝相が悪いのか……丸出しになっている腹を、ポリポリと掻いているのがおっさんぽい。

その時、俺の足の上に妙な重量感があることに気付く。

視線を下半身に向けると、銀髪の女がうつぶせの格好で俺の腰に抱き着いていた。竜が人化した姿のヘレナだ。

ヘレナは元々店で購入した籠手だったのだが、色々あってこのような人間の姿に変わった。正直、魔法や魔術よりもよっぽどファンタジーな現象だな、と思う。

彼女は匂いフェチかつ変態っぽいところがあり、俺の身体に顔を埋めているのはそういう理由だと思われる……っていうか、今現在もスンスンと匂いを嗅いでいる。

「おや、お目覚めになられましたか、アヤト様？」

その時、男の声に名前を呼ばれた。

声のした方を振り向くと、執事風の黒い服を着た男、ノワールが椅子に座っていた。同じテーブルでは、作務衣服のおっさんと着物姿の初老の女性が向かい合って席に座っている。卓上にはチェス盤と駒が並べられていた。

ノワールは、俺が現在通っているコノハ学園の授業で呼び出した悪魔である。

普段は物静かな性格で、今もただ足を組んで優雅に佇んでいる。座ってるだけなのにクールでカッコイイ。

「ああ、おはよう、ノワール」

適当に挨拶を返すと、ニッコリと微笑まれた。ちなみに彼、家事全般をしてくれている家政夫的な存在でもある。

そしてチェス盤を睨み付けて、「ムムム」と悩んでいる作務衣のおっさんと、着物を着た女……この二人、実は元々竜の姿をしていた。

着物の女が白い竜、作務衣のおっさんが黒い竜。

白い竜だった着物の女とは、とある事情で喧嘩していたのだが、今では和解してこのようにチェスを楽しんでいる。作務衣のおっさんとはあまり面識はないが、ノワールとヘレナの顔見知りらしい。

人の姿に変身する術を使ったのだ、と本人たちが話していたのを聞いた。そんな術を持っているんなら、他にも人に紛れて暮らしてる竜もいるのかもしれない……と、想像を膨らませてみる。

また、フヨフヨと空中を漂っている者が数名。

学園の寮代わりに住んでいる屋敷で仲間になった闇の精霊王ココアと、彼女の紹介で知り合った火の精霊王アルズ、水の精霊王ルマ、風の精霊王キース、雷の精霊王シリラ、土の精霊王オド、光の精霊王オルドラ。

ぼんやり眺めていたら、扉が開かれ、二人の少女が入ってきた。

「おはようございますなの、兄様！」

一人は、青い肌をした魔族のウル。メイド服を着ている。

「おはようございますです！　朝ご飯は今、エリーゼ様がお作りになっているので、待っててくださいと言ってましたです！」

もう一人は肌が赤く、巫女服を着た少女のルウ。亜人の鬼である。

二人共緑と赤のオッドアイであり、ウルは左目、ルウは右目が緑色だ。

ウルたちは以前、オッドアイが原因で売れ残りの奴隷として奴隷商人のところにいたが、俺がその場で引き取ったのだ。

俺と血は繋がってないけど、「アヤト様」なんて他人行儀な呼び名は嫌だったし、少しでも親しみを持たせるために「兄様」という呼び方に行き着いた。

様付けされると背中が痒くなるが、元々奴隷だったこともあるのか癖になってるようなので、妥協しておいた。

「そうか、分かった。じゃあ、それまでに全員起こさないとな……」

ヘレナを引き剥がして立ち上がり、ウルとルウの頭を軽く撫でる。

ところで、ルウが口にしたエリーゼという名前。それは、俺と同じ地球からやってきた女の名前である。

エリーゼは武術の達人で、表情があまり変わらず、何を考えているのか分かりにくい一面がある。学園で催された模擬戦で、軽い手合わせをして知り合ったんだよな。

模擬戦といえば、その時にチームを組んだメンバーの中から、二人の弟子を取ることとなった。

カイトとリナ……その二人は今、この場におらず、別室で寝ている。

そこまで考えて、ようやく俺は今置かれている状況を思い出した。

今、俺たちは魔王が根城にしていた魔城にいるんだっけ。

白竜や謎の白い少女との戦いを終えたあと、ペルディアという元魔王の女に「自分を助け、魔王を倒したお礼にご馳走させてほしい」と城に招待されたのだ。

で、せっかくならということで、屋敷に留守番させていたウルとルウ、エリーゼも連れてきた。ブラックスケルトンのクロは見当たらなかったので連れてきてないが……大丈夫だよな？

無断で入っていいのかと思ったが、「主の現魔王がいないのだから好きにしてもいいだろう」というペルディアの言葉で、ほとんど勝手に侵入して食材を漁り、宴を始めたのだった。

ちなみに、俺のそばには酒瓶を抱いて床の上で気持ちよさそうに寝ている白髪青肌の女魔族がいるのだが、そいつが元魔王のペルディアである。

また、その腰には、紫色の長髪をした女魔族が抱き着いて眠っていた。

俺たちの仲間の一人、フィーナ……ツンデレ娘だ。

そもそも俺たちがこの魔族大陸にいるのも、グランデウスっていうペルディアを蹴落として魔王になった奴に、俺が勇者だって勘違いされたことがきっかけだったな……フィーナはグランデウスの元部下だ。

フィーナの寝顔を見ていたら、イタズラをしたくなってしまったので、とりあえず近付いて人差し指で頬を突っついてみる。

「……ん！」

するとう、手の甲で素早く払われてしまった。実は起きてるんじゃねえかと疑う反射スピード。

とにかく、俺たちはこの大陸に渡ってきてグランデウスを倒し、やっと面倒事が一つ減った解放感からハメを外して楽しみ、気が付いたらこの何も敷いてない固い床で寝てしまっていた、というわけである。

俺もみんなと同様、熟睡していたようだ。元の世界では誰かに、もしくは何かに襲われる毎日だったのであまりしっかりとした睡眠は取れなかったのだが、この世界に来てからはゆっくりできる時間が増えたのもあってよく眠れている。

……俺にとっては、そっちの方がファンタジーな力を貰ったことよりもありがたいのかもしれないな。

「ううむ……ここは……」

その時、他のみんなと同様に床で寝ていた体格の大きい男が起き上がる。

名はガーランド。俺たちと同じく、魔王グランデウス討伐を目的にこの大陸に来た者の一人。

寝起きだからか、堅物っぽいこいつもだらしない表情をしていた。若干まだ頬が赤いし、酔いが醒め切ってないのだろう。

フラフラしているガーランドに声をかける。

「おはよう、大丈夫か？　昨晩はずいぶん飲んだみたいだが……水が欲しいなら持ってくるぞ」

「アヤト殿か……おはよう。いや、大丈夫だ……水くらいなら自分で取ってこれる――おっと」

ガーランドは立ち上がろうとしたが、不意によろめく。

その身体を誰かが支えた。

「見るからに大丈夫ではないようですね。お水をご用意しましたので、お飲みください」

小柄な体格にもかかわらず、ガーランドの巨躯を片手で軽々と受け止め、水の入ったコップを差し出すメイド服を着た魔族の少女。

「あ……ああ、すまない。あなたは……」

ガーランドが体勢を立て直してなんとか一人で立ち、その水を受け取って口に入れる。

魔族のメイド少女は一歩下がり、スカートを軽く持ち上げ、膝を曲げてお辞儀した。

「改めてご挨拶させていただきます。ここでメイドをしております、アイラートです」

赤いメッシュの入った銀髪に、青い瞳をしたジト目。口元にはほくろがある。

アイラートは俺たちが魔城に到着した際、待っていたかのようにエントランスに立っていた。

そしてペルディアが魔城のメイドを名乗る彼女に事情を話して、無遠慮にこの城のものを使うぞと言うと、呆気なく了承してくれたのだ。そういうことだから、俺たちは正確には無断侵入したわけではない。

「悪いな、勝手にお邪魔した上に色々と世話までしてもらって」

俺が言うと、アイラートは首を横に振って答えた。

「いえいえ、別に構いませんよ。どうせもう魔王グランデウス様は、お亡くなりになったようですし。ただ建ってるだけの主なき城にするより、有意義な使い方でしょう」

アイラートは俺たちが人間や亜人であることを気にせず、そう言ってくれる。

彼女曰く、異種族に恨みを抱いているわけではないので、気にしてないらしい。

エリーゼと同じように表情があまり変わらないものの、冗談が好きな一面もあるようだ。

そんなアイラートを、ガーランドが珍しげに見つめる。

「それぞれの種族が互いにいがみ合う中で、珍しい意見だな」

「フッフッフッ、私にとって種族や肌の違いなど、さしたる問題ではございませんので……」

アイラートは右目を左手で覆い隠し、中二病っぽいポーズをして答えた。笑い声を出しつつも、顔は笑っていない。

「なんだ、お前も中二病なのか？」

それを見て、俺はこの旅でなぜか懐かれて仲間になってしまった、カタルラントという少女を思い出した。

呼びにくいし本人が女の子らしい名前を欲しがってたので、俺がランカと名付けた魔族の少女である。

「このポーズは中二病というのですか？　昨晩、ランカ様がしていたのを見て、面白そうなので真似させていただきましたが……」

アイラートはそう言うと、他にもランカがしていたであろう中二病ポーズを取って見せる。相当気に入ったみたいだ。

「……まぁ、そこに関しては何も言わないけど。そういえば……そのランカとか、他の何人かの姿が見えねえが……何してんだ？」

周囲を見回して、そう聞いてみる。

この場にいないのはメア、カイト、リナ、そしてガーランドの同行者たち数名。

元の世界での俺の友人であり、俺と同じくこの世界に飛ばされてきた男、ユウキの姿もない。

まあ、メア、カイト、リナの三人はそれぞれ個室をあてがわれたので、今頃はちゃんとしたベッドで寝ているだろう。そもそもメアに関しては、先日の魔王との戦いから目を覚ましていないし、ここにいないのは当然だ。

すると、部屋の入口から男の声が聞こえてくる。

「ランカ様をはじめとする数名の方々は、現在魔王の間にいます」

そちらを見ると、執事服を着た魔族の男がキリッとした佇まいで立っていた。

灰色の髪は腰まで伸び、左目が大きな傷で塞がっているのが特徴的だ。

アイラートと同じく、この城の使用人だ。名前はたしか……

「ジリアス。掃除は終わったのですか？」

思い出そうとしたら、アイラートが男の名を呼んだ。そうそう、ジリアスだ。

ジリアスはアイラートの問いかけに眉をひそめ、溜息を吐く。

「それをお前が言うか？　こんなところでお喋りしてサボりやがって……」

さっきまで丁寧な口調だったジリアスが、一転して粗雑な口調でアイラートに言った。

「いえいえ、お客様のおもてなしやお世話も立派なお仕事の一つでしょう？」

そう言って、ガーランドの腕に絡みつくアイラート。

酔いの醒めていないガーランドはアイラートを振りほどけず、空いた片手を机に置いて苦しげに寄りかかっていた。

お世話するって言うんなら寝かせてやれよ。

「同僚への説教は後回しにしてくれ。メアの状態に変化は？」

俺の問いに、アイラートとジリアスはそれぞれ首を横に振って答える。

「今のところはお変わりありません」

「俺もさっき部屋を覗きましたが、安らかに眠っていましたよ」

「そうか……」

　この二人には昨日、メアが起きたら報せるように言っておいた。

　まだ目を覚まさないのは心配だが、原因はおおよそ見当が付いている。

　カイトたちから、異変の起きたメアがグランデウスを倒したという話を聞いたのだ。

　なんでも髪がほのかに光り、片目が充血したように赤くなったとか……そしてメア自身が出したとは思えない声を発していたという話も気になる。

　メアが昏睡状態に陥ったのは、おそらくそれが関係しているのだろう。

　しばらく考えていると――

「ということで、王子様のキスをしに行って差し上げてはどうでしょう？」

「「は？」」

　いきなりアイラートが言い放った突拍子もないセリフに、俺とジリアスは眉をひそめた。

「眠り姫を目覚めさせるのは王子と決まっているではありませんか」

　さらにアイラートが言葉を続けた。そういう童話にでも出てきそうなお約束は、こっちの世界にもあったりするのだろうか？

「キスはともかくとして、直接メアの様子を見に行ってみるか」

そう言って腰を上げると、アイラートが忠告してくる。

「目を覚まさないからといって、襲ってはダメですよ？　ちゃんと合意じゃないと――」

「やかましいわ、阿呆」

ふざけた言動を遮り、俺は出入口へ向かう。

その後ろをウルとルウがトテトテと付いてきた。可愛いな……

「兄様はどこ行くです？」

部屋を出る直前で二人が俺の袖を引っ張り、ルウが代表して首を傾げながら聞いてくる。

「メアの様子を見に、な。ルウたちも一緒に来るか？」

俺が誘ったら、今度はウルが答えた。

「ウルたちはエリーゼ様のお手伝いするから、途中まで付いていって厨房に戻るの」

続けてルウも発言する。

「エリーゼ様が色々お作りになってるです。『ピザ』？　というらしいです」

「「ピザ？」」

ルウの言葉を聞いたガーランドたちが揃って疑問の声を上げ、俺は「おっ」と声を漏らした。

ピザか……他の連中の反応を見るに、この世界にピザはないみたいだ。

ということは、一から生地を作ってるのか？

「エリーゼ様がモチモチした白いのを平たくして伸ばしてたの！」

「サーカスみたいで凄かったです！」

……どうやらそうらしい。

「なら、楽しみにしておかないとな。どんな味だろう……」

手作りというのは、少しワクワクする。

……まずい仕上がりでなければいいが……一応、祈っておこう。

その時、アイラートが俺の横に並んできた。

「途中までご一緒します。ジリアスによると、城の掃除がまだ終わってないようなので……」

「もう一度言うぞ。終わってないのはお前がサボってたからだ。半分は済ませたから、あとはお前がやれ。ここの片付けはやっといてやる」

ジリアスは呆れ気味にそう言うと、散らかっている食器などを片付け始める。

惨状の後始末をありがたくジリアスに任せ、俺たちはその部屋を後にした。

それから少し歩いてルウたちと別れ、残ったアイラートと歩きながら会話する。

「ところでアヤト様。このあとのご予定はお決まりですか？」

「ご予定はご飯をお食べになってお帰りになるだけだ」

意味もなくふざけたくなったので、アイラートの口調をやや大袈裟に真似して返事する。

しかしアイラートは特にツッコミを入れるわけでもなく、「そうですか」と普通に相槌を打った。

「アヤト様は魔王になる気はありませんか？」

「……は？」

突然飛び出したアイラートの言葉に、俺は思わず硬直する。

アイラートも立ち止まり、俺の方を向いた。

「魔王って……あの魔王だよな？」

「はい、グランデウス様が浮かれて楽しそうにはしゃいでいた地位です」

若干グランデウスをバカにするような言い方をしながら、頷くアイラート。

って待て。俺が魔王？

「魔王って、魔族がなるんじゃないのか？」

「正確には、闇の魔法適性を持つ者が魔王になれるとされています。ただし、闇の魔法は基本的に魔族しか使えないので、これまでの魔王は全員魔族です。闇魔法を使える人間は前例がありませんが……まあ、別に大丈夫でしょう」

最後ら辺、凄い雑だった。

「……いや、大丈夫だったとしてもならないから。なんだよ、魔王って……面倒事しか予感できないじゃねえか」

「いえいえ、そんなことありません。それに、魔王になって力を示していただければ、全てが思いのまま……あ、今ならあーんなことやこーんなことをして差し上げる便利な女……つまり私が付いてくるオプション付きですよ」

アイラートはそう言って、メイド服を僅かにズラして艶かしく素肌を見せつけてくる。

どこのショッピング番組だよとツッコミたい衝動に駆られるが、グッと我慢。

「だから魔王にはならないって。俺はこのまま人間大陸で平和に暮らすだけで十分だから」

「なんですか、この若い女体だけじゃ満足できないんですか？　欲張りさんですねぇ……ならばあの顔に反して意外と筋骨隆々なジリアスも付けちゃいましょうか？　美男も美女も、なんなら少年少女、妻帯者や人妻だって、魔王になれば自由に侍らせられますよ。ああ、こんな贅沢、普通の人間たちでは滅多に味わえないでしょうね……チラ」

わざとらしく擬態語を口にしてこっちを見るな！

そもそも、なんでこんな熱心に俺を魔王にしようとしてるんだ？　魔王になるなら魔族の方が都合がよさそうなんだが……

「というか、もう一回ペルディアにやってもらえばいいじゃねえか、魔王」

「一度でも魔王の座を追われた者は、二度と魔王になることは叶いません。私たちから認められないという意味でも、本当の意味で魔王になれないという意味でも」

さっきまでふざけたことばかり言っていたアイラートが、まともに答える。

となると、ペルディアはダメか……じゃあノワール……あっ、凄く嫌な顔をしそう。

多分あいつは命令したら渋々やるだろうが……無理矢理やらせてもな。

あとは誰か……そういえばグランデウスを倒す直前に、ランカが闇っぽい技を使ってたよな？

「ランカはどうだ？　魔族だし、たしか闇の魔法を使ってたから魔王の素質はあるんじゃないか？」

「嫌です、あんなちんちくりんに従うなんて」

バッサリと言う。

見た目も気にするんかい……

「って、外見を考慮するなら人間の俺はいいのかよ？」

「昨晩の様子からあなた様はチョロ……扱いや……優しそうだったので」

漏れてる漏れてる。破裂した水道管並みに本音が漏れてるぞ、こいつ。

「昨晩、皆様が乱痴気騒ぎをなさっていた際――」

「言い方ァッ！」

俺のツッコミにアイラートは「失礼」と言って咳払いをする。

「つまみのお夜食を、お客様であるはずのアヤト様やエリーゼ様がほとんどお作りになっておりました。つまり……」

「つまり？」

あまりいい言葉は聞けそうにない感じがするけれど、その先を促してみる。

「アヤト様が魔王様になってここにいてくだされば、多少は私たちの仕事を手伝っていただけて、楽できるのでは！　……と」

「ずいぶん自分勝手な理由を清々しいほど正直に言いやがったな⁉」

つまり、他の奴が魔王になって好き勝手するより、俺がなった方が楽で都合がいいということか……

……たしかに、グランデウスみたいな奴がまた魔王になって、そこら中に喧嘩を売ったり暴れたりするくらいなら……とも思わなくもないが。

だけど、できるならなりたくはない。「王」になんて。

今まで権力を嫌悪してきた俺からすれば、王という立場に就くなど、どんな理由があろうと断りたい。

だけど「なってほしい」というアイラートの言葉は本気らしく、好意にも似たものを感じる。それを断るのは躊躇われる。

だからこの場ではすぐには答えられず、結局俺はどっちつかずの返答をする。

「ま、考えとく」

「……そうですか」

アイラートがフッと笑った。

それからまた歩きだし、メアの部屋の前にやってきたところで、アイラートが止まって一礼する。

「ではお待ちしております。私、いつでもウェルカムなので……色々と」

最後に意味深な言葉を残し、微笑みながら去っていった。

それにしても、魔王か……勇者の次は魔王って、どんだけ忙しいんだよ、俺は？

アイラートには「考えとく」と言ったが、実のところやる気はあまりない。

もしこの世界に召喚されてすぐに「やれ」と言われたら、どうなっていたか分からないけど、今は他にやることがある。

メアの護衛に学園での生活、それにカイトたちをはじめとする弟子の育成もな。

よし、アイラートには悪いが、他の奴を見つけてもらうとしよう。

あとで伝えておくかと思いつつ、メアがいる部屋へ入ろうとドアノブに手をかける。

その時、先に扉が開いて黒い長髪の少女が出てきた。

「……アヤト様」

メアを「姉様」と慕う少女、イリアだった。

「イリアか……メアの様子はどうだ？」

「表情は安らかですが、起きる気配は一向にありません。このまま……このまま目を覚まさなかったらどうなってしまうのでしょうか……？」

そう言うイリアは、少しだけ目に涙を浮かべていた。よく見ると、目の下に隈ができている。

まさか昨晩からずっとこの部屋でメアに付き添っていたのか？

「イリア、少し寝ろ。起きた頃にはメアも目を覚ましてる。その時に心配させたくないだろ？」

「その時は……自分のことを棚に上げて無茶したこのバカなお姉様を後悔させてやります」

イリアはクスリと笑ったあとに涙を拭き取り、しっかりした足取りで俺が来た道を歩いていった。

第2話　メアの変化

イリアを見送ったあと、一応扉をノックして部屋に入る。

内装に華やかさはなく、家具もベッドや机や椅子など、最低限のものしかない。

それに魔族大陸は空が暗いから、昼間でも部屋に光が差し込まないため、なんとなく不気味に感じる。

ベッドの上を見ると、長い金髪をした少女が静かに横たわっていた。

ラライナの王女、メア・ルーク・ワンドである。

シャードの診察によれば異常はないはずなのだが、寝顔を見ていたら、このまま目を覚まさないのではないかという不安に駆られる。

俺はメアに近付き、ベッドの空いたスペースに腰かけた。

「……おーい、そろそろ朝飯だぞー？　起きないとお前の分も食っちまうぞー……」

あまり大きくない声でメアに呼びかける。

それでも起きる様子がないので、メアの頭に手を伸ばした。

サラサラとした髪に触れつつ、寝顔をまじまじと見つめる。

いつもは男勝りな性格のメアだが、こうして見ると立派な女の子だなと実感した。

ふと視線を少し横に移すと、刀が置かれていた。

実はこの刀、俺がプレゼントしたものである。相当気に入っていたのか、気絶したあともメアは刀を握り締めたままだったので、無理矢理引き剥がしてここに置いたのだ。

女の子相手に武器をプレゼントするのはどうかと自分でも思うが、それを喜んで受け取って大切にしているメアもなかなかだと思う。

そんなことを考えているうちに、ちょっとしたイタズラ心が芽生えた。

「本当に朝飯食っちまうぞ？　それとも……お前から食ってやろうか？」

『それはどっちの意味でかしら？』

その時突然、背筋が凍るような声がメアから発せられる。

声と同時にメアが起き上がり、傍らにあった刀を手に取って俺に向けて抜き放った。

「……何？」

そのまま振りかぶってきたため、メアの腕を掴んで止める。

しかし、メアは手首を曲げて器用にも再度攻撃してきたので、俺は掴んでいる腕を捻って刀の軌道を逸らした。

どうしたのかと思ってメアを見ると、髪がほのかに光り、片目が赤くなっていた。

目が赤くなるのは初めて見たが、髪はギュロスという魔物を倒した時も光っていたことを思い出す。

明らかに、メアの雰囲気はいつもと違っていた。

メアは怯むことなく、空いている手で目潰しをしてくる。

身体を捻って回避してから、俺はメアと目を合わせた。

「お前……メアじゃないな？　誰なんだ？」

答えてくれるかどうか分からないが、とりあえず問いかけてみる。

気配からして、おそらく誰かがメアの身体を乗っ取っているのではないかと思うのだが……

『……あら、分かっちゃった？　なんでバレたの？』

すると、しっかりとした声で返答があった。その声は、とてつもなくおぞましい。

不気味な笑みを浮かべてこちらを見据えるメアに、俺は落ち着いて答える。

「雰囲気が違うし、動きのキレもいつものメアに比べて格段に上がってる。最初は何者かに操られてるのかと思ったが、動きに意志が感じられるからそれも違うようだ。誰かが憑依してるってのが俺の見解だよ」

これが、前にギュロスの転移の罠に引っかかってから、もう少し柔軟に考えることを心がけてきた俺の結論だ。

何度も繰り返すが、ここはアニメや漫画のようなファンタジー世界。それなら超常的な現象や眉唾ものの一つや二つ、実在して当然と考えた方がいい。

メアはクスクスと笑う。

『やっぱり凄いのね、あなたは。あなたのことは今までお姉ちゃんの中から見てたけど、同じ人間とは思えないわ……』

お姉ちゃん……？　どういうことだ……メアに妹がいたってことか？

「面倒な問答は無しだ。もう一度だけ単刀直入に聞くが、お前は誰なんだ？」

そう尋ねながら、俺はメアの腕を掴んでいた手に力を込め、特定の部分を押す。以前、学園の模擬戦でエリーゼに使ったのと同じ技だ。人体にある経穴に似た場所を押さえることで、全身の動きを封じることができる。

『……っ⁉』

身動きができなくなったメアの身体を動かす何かは、明らかに驚いた様子で脱出しようともがいていた。

『うー……何よ、この力は……女の子に対して使うものじゃないでしょ？　お姉ちゃんはこんな奴のどこがいいのよ……』

何やらよく分からないことをポツポツと呟いていたが、俺は黙って睨み付ける。

しばらくして、何かは溜息を漏らしたあと、鋭い目つきで俺を睨み返してきた。

『私はメアお姉ちゃんの妹。名前はないわ』

ようやく俺の質問に答えた。

名前のないメアの妹？

「そんな話、メアからもルークさんからも聞いてないぞ？」

ルークさんというのは人間大陸にある国、ラライナの主であり、メアの祖父でもある人だ。

『それはそうよ。だって私はもう死んでるんだもの』

「……は？」

動揺したせいで腕の力が抜け、するりと抜け出されてしまった。

その身のこなしは、やはりいつものメアと違う。

元々高かった運動能力を滅茶苦茶な動きで無駄にしているところが多かったメアだが、今はその無駄が少なくなり、スペックをフル活用できているように見える。

その理由が、死人に取り憑かれているからだって？

『お姉ちゃんの親……つまり、私たちの両親が死んじゃってるのは知ってるよね？』

「……ああ、ルークさんからなんとなくではあるがな」

『その原因が魔物だっていうのは？』

メア妹は、話すに連れて落ち着きを見せてきたので、俺は構えを解いて首を横に振る。

『……お母さんたちは魔物に襲われて殺された。そしてそのお腹の中には、生まれる前の私がいたの』

「……」

嘘はついてなさそうだ。

メア妹の話を、俺は黙って聞くことにした。

『お母さんと一緒に、お腹の中にいた私も……だけれど、そこで偶然生き残ったお姉ちゃんに私の魂が乗り移った、というわけ』

まるで自分の死を客観的に見たかのような説明をするメア妹。

仕組みや経緯は分からないが、つまり今のメアは……

「なるほど、一種の二重人格というわけか。だけどどうしてこのタイミングなんだ？　しかもそんな禍々しい姿に……」

俺の言葉が癇に障ったのか、メア妹は歪んだ笑みを浮かべる。

『ええ、禍々しいわよね、醜いわよね！　……私だって好きでこの姿になったわけじゃないわ。殺される際、お母さんは一矢報いようと魔物に傷を負わせたのだけれど、その血がお母さんのお腹の傷に飛んで入り込んだせい……それに、あなたがお姉ちゃんにプレゼントしたコレも原因の一つよ！』

メア妹は俺に見せつけるように、抜き身の刀の先端を向けてきた。

俺の刀……？

『お姉ちゃんがこの武器を抜き放った瞬間、いろんな負の感情が私の中に流れ込んできた……これってあんたの感情でしょ？　人間への憎悪、悪意、殺意……『悪くない人間だっている』『そういう性格だから仕方がない』そうやって蓋をして誤魔化していたようだけど、根本のところでは隠しきれてない。だからあなたがこれを作った時にその思念が刀に込められ、私に！　お姉ちゃんに入り込んできた！』

メア妹の声が、段々と年相応の少女らしいものへ変わっていき、表情も人間らしくなる。

まるで悪いものを吐き出してスッキリするかのように。

しかし次の瞬間、すぐ元の禍々しい雰囲気に戻ってしまう。

『だから、私が出てこられた』

再びおぞましい声になり、どす黒い感情がメア妹から溢れだした。充血していた目からは、血が流れ始めている。

先ほどよりも明確な殺意を持って、メア妹は俺に刀を振るってきた。

ひらりと避けながら、俺はメア妹に尋ねる。

「さっきから俺を殺そうとしてるみたいだけど、お前の目的はなんなんだよ？」

『目的？　アハハッ、簡単よ！　殺して壊して滅茶苦茶にしたいの、何もかも！』

うーむ、メアを傷つけるわけにもいかないから、骨を折って止めることもできない。

こうして対処法を考えている間にも、メア妹によって部屋のあらゆるものが斬り刻まれていく。

見境なく暴れる様子は、狂気と呼ぶに相応しい。

『この止められない衝動、どうすればいいの？　キャッハハハハハハ！』

本当にこいつはメアの妹なのか？

知性の欠片も見えず、まるで獣のようなその姿を見た俺は困惑する。

こいつの言葉に嘘は見受けられなかった。

純粋に、暴れたいから暴れている。

というか、こいつが言った言葉が本当だとしたら、俺の渡した刀がこうなった原因の一つでもあるということになるのだが……そんな人を狂わせるようなものを作ったのか、俺は？

もしくはそれだけ、メア妹に対する影響力が大きかったのか……

いや、原因については今は置いておこう。とにかくメアを元に戻さなきゃな。

その時、メア妹が持つ刀の刀身に黒い炎がほとばしった。何かの技を繰り出す兆候だ。

技を放つタメの隙を突き、メアの首を掴んで持ち上げる。

「が……あ……？」

今まで暴れていたメアの動きが、ピタリと止まる。

いいや、違う。俺が止めたのだ。

後遺症が残らない程度に首を絞め、暴れる前に意識を失わせた。

メアは半目になり、手足とダランとさせて涎を垂らしている。

しょうがなかったとはいえ、傍から見ればコレ、完全に殺人現場――

キイイイ……

扉が開く音が聞こえ、そっちを見るとアイラートがドアの隙間から覗き込んでいた。

「「……」」

お互い無言で硬直。

しばらくして、アイラートは静かに扉を閉め始めた。

「待て待て待て！　殺してねえからな⁉」

「大丈夫です、えぇ、大丈夫です。時には非情になることも魔王には必要ですから。アイラートはそこも全て理解していますとも……」

「それ理解じゃなくて誤解だから。文字が微妙に間違ってるから！」

俺の言葉も虚しく、ドアを完全に閉めたアイラートの足音が遠ざかっていく。

どうしてこうタイミング悪く……いや、別に昨日今日知り合ったアイラートに誤解されたところで、痛くも痒くもないか。

気持ちを切り替え、腕の力を緩めてメアを降ろし、ベッドに寝かせようとお姫様抱っこする。

と、いきなりメアの身体が動きだし、俺の胸ぐらを掴んできた。

「なっ――」

気絶したと思い込んで、完全に油断してしまっていた。

そのまま一気に顔を近付けてくるメア。いや、見た目や雰囲気的に妹の方か。

『私、さっきはなんでこんな奴って言ったけど、訂正するわ。私の首を絞めてた時のあなたに、私好みの狂気が見えたの……いつだったか聞いた姉妹の好みが似るって話は本当みたい。もうすぐお姉ちゃんが起きるけど、その前に私から最後のメッセージを受け取って』

おぞましい声や充血した目はともかく、穏やかな表情で言葉を発するメアの妹。

その手が俺の頬を撫でる。

『蓋は開いた……私かお姉ちゃんか、どっちかは分からないけど、きっといつかまたおかしくなってあなたたちを襲う。だからもし同じことが起きたら、私たちのことをお願いね――』

メア妹は意味深に笑いながら耳元に顔を寄せ、「お義兄ちゃん」と囁くように呟く。

そして再び、スッと気を失ってしまった。同時に、握り締めていた刀を手放す。

若干気になる言葉だったが、とりあえず今度こそ意識のなくなったメアの身体をベッドに運んだ。

「死んだ妹、ねぇ……？」

ファンタジー耐性は付けたつもりだったが、予想の斜め上を行った事態に頭が付いていけていない。

メアの妹という存在……本当かどうかは分からないが、どちらにしろずいぶん厄介な状況になっているみたいだ。

「起きたら聞いてみるか」

そう呟きながら、ボサボサになったメアの髪を撫でて整えるのだった。

「う……ん……?」

それからしばらく頭を撫で続けていると、メアが身じろぎする。

ゆっくり目を開けるメアを、俺は上から覗き込んだ。

口の端から涎を垂らし、さっきとは別の意味で知性のない顔をしている。

「起きたか?」

「……んぇ?」

片目が半目のままだが、しっかりと俺を認識したようだった。

メアの顔が次第に赤くなる。

「なっ、アヤ……アヤト? なんでっ⁉ おれっおお俺れれっ……!」

勢いよく起き上がってきたので、頭を引っ込めて回避しつつ、やや大声でなだめる。

「落ち着け落ち着け、ちゃんと俺だから! そんなに取り乱さなくてもいいじゃねえか⁉」

いつも顔を合わせてるのに、ここまで驚かれると少し悲しくなるものがあるんだけど……

しかしこの様子だと、今の人格はいつものメア……だよな?

うん、多分メアだ。ここまで取り乱しているのは初めて見る気がするが。

　メアは俺の声を聞いて、ハッとした表情になる。

「あっ、いや、ごめん……アヤトの顔が心臓に悪いから、つい……」

　なんか、捉え方によってはさらに落ち込みたくなる言葉だな。嫌われてるわけじゃないってのは分かってるから、それが唯一の救いと言える。

「なんだったら心の準備ができるまで、外に出てようか？」

　気を取り直してそう言ってみる。今はまともに話ができる余裕はなさそうだし。

　それに、気が動転しているために変な誤解をされて、俺がメアの寝込みを襲いに来たって思われたくないしな。

　すると、メアは頬を染めてジモジしながら俺を上目遣いで見てきた。

「心の準備……なら、大丈夫だ。だから……アヤトが襲いたいって言うんなら……」

　そう言いながらベッドに倒れ、艶かしい表情になる。

　既に思われていたらしい。

「んなわけないだろ。お前、昨日から眠りっぱなしだったんだぞ？　心配して見に来たんだよ」

「昨日？　……ああ、そっか。俺、気を失っちまってたのか……」

「何があったか思い出せるか？」

俺がそう言うと、メアはガバッと起き上がってうーんと唸る。

「たしかグランデウスと戦ってる時に……目から血が出始めて……」

目から血が出るという言葉を聞き、メアが暴走したさっきの状態を思い出す。

メアがグランデウスを倒したと聞いた時は、にわかには信じられなかったが……どうやらメア妹の人格が表に出て戦っていたようだ。

しばらくして、メアは諦めたように溜息をついた。

「……ダメだ、記憶があやふやだ。だけど、こうやってベッドの上にいるってことは、グランデウスは倒したってことでいいのか？」

「ああ、そうだ。全部終わったよ」

俺がそう言うと、メアは「そっかー」と安堵の表情を浮かべてベッドに再び倒れ込む。

「その後も色々あったが、かいつまんで説明すると、敵だった奴が何人か仲間になった」

「まさかそれって、グランデウスのことじゃねえよな？」

俺は首を横に振って「違う違う」と否定する。

「あいつは俺とお前で跡形もなく消し飛ばしたよ」

「俺が？　……覚えてねえ」

今度は胡座の姿勢になり、頭をポリポリと掻くメア。寝たり起きたり忙しい奴だな。

……丁度いい感じに話題も変わったことだし、ズバリ聞いてみるか。

「メア、お前に妹っていたか？」

「は？　なんだ、突然……そんなんいねえぞ」

眉をひそめて否定。

やっぱりメアは知らない、か……そりゃあ、そうだよな。

母親のお腹の中に妹がいて、魔物に襲われた時に一緒に死んでしまったなんて、必要がなければ話さないだろう……

だとしたら、ルークさんに聞くしかなさそうだ。

と、俺が考え事をしてるのが気になったのか、メアは心配そうな表情で俺の顔を覗き込んできた。

「大丈夫か？　何かあったのか？」

さっきのメアの状態を正直に言うべきかどうか、迷ってしまう。

だが、黙っていたって何も解決しない。また同じことが起きる可能性だってある。

だったら、メアのためにも今言っといた方がいいよな。

「メア、さっきお前の身に起きたことを説明させてもらっていいか？　多分、お前がグランデウスと戦った時に起きたのと同じ現象だ」

「えっ……？　あ、ああ……」

メアが頷いたので、俺はさっきの出来事を話し始めた。

まずは、昨日俺が目にした出来事について。

続いて、俺たちが魔城にやってきて、そこで一晩泊まったこと……そして、今いる部屋がボロボロになっている経緯と、メアの身体に生じた変化について説明した。

話を聞き終えたメアは、目を見開いて驚きの声を上げる。

「なんだよ、それ……イリアみたいな妹分じゃない、俺の本当の妹？　そんなの知らねえ……それにアヤトに斬りかかったって⁉」

「まぁ、俺を斬ろうとしたことは気にするな。それよりこれからどうするかだよな……もし頻繁にあの状態になって暴れるようなら、学園生活もロクに送れなく――」

「ダメだっ！」

メアは声を張り上げて俺の言葉を遮り、泣きそうな顔をして抱き着いてきた。

「ダメって何が……」

「アヤトを殺そうとしたなんて……そんなことしたらアヤトに嫌われちまうじゃねえか⁉」

今まで見たこともないほどの取り乱しっぷりに、俺は言葉を失っていた。

俺に嫌われるだって？　今の話を聞いて、なんでその考えに行き着く？

「アヤトに嫌われるなんて……そんなの嫌だ！　存在すら知らなかった妹のせいで愛想を尽かされたくねえよっ！」

メアから、本気で俺に嫌われたくないという感情がヒシヒシと伝わってくる。

「なぁ、アヤト……お願いだ……俺にできることならなんでもする！　言葉遣いも直す！　だから嫌いに……嫌いにならないでくれ……！」

「まさか俺がこの程度でお前を見放すとでも？　そんなこと、あるわけないだろ……」

そう言って、メアを落ち着かせるために抱き締め返して背中を擦る。

そうだ、やっとできた繋がりを……自ら断ち切るなんてしてたまるかよ。

すると、ようやく落ち着いたのか、メアは一旦離れて鼻水を垂らしたまま俺の顔を見る。

「本当、か……？　俺、嫌われてねえか？」

まだ心配なのか、繰り返し聞いてくるメア。

その頭に手を置き、俺は安心させるように笑いかけた。

「おう。お前らが離れていかない限り、俺はいつまでもそばにいてやるよ」

「本当だな？　嘘じゃないよな⁉」

メアはぐちゃぐちゃの顔を近付けてくる。

「嘘じゃない。だから鼻水を拭け」

俺は魔空間から取り出した鼻紙で、その顔を拭いた。

顔のあらゆるところから出ていた液体を拭き終える頃には、メアも落ち着きを取り戻したようだ。さっき取り乱したのが余程恥ずかしかったのか、今は体育座りして顔を膝の間に埋めて完全に意気消沈してしまっている。

「水、いるか？」

「……うん」

そう聞くと、メアは俯いたまま元気なく返事した。

魔空間からコップを取り出して、魔法で生成した水を入れて渡す。

魔力で生成したものを摂取しても、魔力は回復しない。だが、喉を潤すことはできる。

火ならものを焼いたり温めたり、風なら濡れたものを乾かしたり。適性と使いように

よっては生活を豊かにできるから、魔法は便利だ。

メアが顔を上げてコップを受け取ったので、どんな表情をしているのか見てみると、

真っ赤になっていた。

水を一気に飲んだあと、メアはポツリと呟く。

「……なんか、ごめん……」

「何が？」

「急に泣き付いたりして……それに記憶はないけど、斬りかかっちまったことも。まさか

自分がアヤトを殺そうとしてたとは思ってもみなかったから……つい頭が真っ白になっち

まった……悪ぃ」

その言葉に俺は溜息を吐き、メアが飲み切って机の上に置いたコップに水を補充してか

ら軽い調子で答える。

「たしかに斬りかかられたのは驚いたが、それはお前がやったことじゃない。なんなら斬りかかってきた本人にすら、恨みなんて抱いてねえよ」

実際、メアの妹だと名乗るあいつには欠片も怒ってないし、むしろなんとかしてやりたいとまで思ってる。

成仏させるとか、もしくは一人の人間として……俺たちの仲間に迎えるとか、な。

だが、メアはまだ不安そうに聞いてきた。

「だけど……その妹？　って奴がなんなのか分からねえけど……そいつがまた暴れだしたら？　またアヤトとか、他の奴を襲ったりでもしたら……」

「じゃあ、なるべく俺のそばにいろよ」

そう言うと、メアは暗い表情のままこちらを見上げてきた。

「メアよりも実力はあったが、俺を殺せるほどじゃないしな。暴れたらまた止めてやるよ」

安心させるべく、続けて笑顔でそう言ってやる。

本当は「何があっても絶対に守ってやる」と言いたいが、カイトを一度死なせてしまったこともあり、あまり大きなことは言えない。

だが、師である俺が弱気になっていては、不安にさせるだけだ。せめてこう言っておけば、少しは気が休まるだろう……そう思っていたのだが、メアの顔にはなぜか涙が浮かんでいた。

「お、おい……？」

心配になって手を伸ばすと、メアがその手を優しく掴んで頬擦りしてくる。

「優しいな、アヤトは……なんでそんなに人に優しくできるんだよ？　最初に出会った時だって、俺はアヤトに酷い態度を取ってたってのに……」

「自覚はあったんだな」

照れ臭くなって軽口を返すと、メアは涙を流しながらも笑って「バカ野郎」と言う。

俺は少しだけ真面目な顔をして、言葉を続けた。

「お前より酷い性格の奴を、散々見てきたってだけの話だ。お前がどんなに男勝りでも、今まで腹黒い奴ばかり見てきた俺からすれば、女の子らしくて可愛いって思うよ」

「っ……！」

「可愛い」に反応したのか、メアの顔がさらに真っ赤になった。

ガサツだろうと男勝りだろうと、こういうのにしっかりリアクションするところはマジで女の子らしいと思うよ、まったく……

「だから出会った時のことは気にするなって。俺がなんとも思ってないのに、お前が引け目を感じてどうする？」

メアの目に浮かんでいた涙を人差し指で優しく拭き取りながら、あやすように言う。

するとようやくメアの表情に明るさが戻り、恥ずかしそうに俺の手を払い除けた。

「はは……アヤトってたまにキザなことするよな……っし！」

気合いを入れたメアは、勢いを付けてベッドから飛び起きる。

「そんじゃ、俺のことは全部任せたぜ？　もうどうなったって知らねえから！」

そして、ニヒヒと笑って冗談混じりにそう言った。

ほとんど空元気だが、ないよりはマシだ。飯でも食えば本当に元気になるかもしれないしな。

「ああ、任せろ。それより、そろそろ飯にしようぜ」

「……あっ」

俺が朝食に誘うと、メアは思い出したように声を上げ、それと同時にグゥゥゥとメアの腹から音が鳴った。

「あ、あははは……たしかに腹減ったわ」

「だろうな。メアがいつから食ってないか分からないけど、少なくとも昨日の夕飯は食べてないわけだし。さっさと飯を食おうぜ」

俺も立ち上がり、二人で部屋を出る。

ようやく一件落着かと思った矢先に起こった新たな問題。

魔王とかよりはマシだが……やっぱり俺の人生は波瀾万丈（はらんばんじょう）なのかもしれない。

第3話　師の記憶

暗闇の中、気が付くと俺、カイトは不思議な体験をしていた。

辺りは真っ暗なのに、俺自身の身体や俺の特徴である赤く長い後ろ髪ははっきり見えている。もっとも、最近は赤髪に黒い髪が混じり始めているのだけれども。

そして身体が宙に浮いている気がする。加えて服も着ていない。

これは夢なのだろうか？　だけど意識はハッキリしてる。

普通なら恐怖を感じるはずだが、不思議なことに今の俺は安心してしまっていた。身体が水の中を漂っているような感覚が心地（ここち）よく、このまま身を任せたい気分だ……

その時突然、辺り一帯が一気に明るくなった。

視界が真っ白になった……と思ったら、段々と周囲の様子が見えてくる。

「っ⁉」

見たこともない光景に、俺は言葉を失った。今この場で喋れるかどうかは置いておいて、とにかくそれくらい驚いた。

『キャハハハハ！』

『おい、今度はこっちに乗ろうぜ！』

『うわー、アレに乗るの～？　マジでありえない……』

なぜなら、今までの人生で見たこともないくらいの人混みに囲まれていたからだ。人の数は尋常ではなく、この場から一歩移動することすら困難なほどである。

驚く俺を無視し、笑顔で人混みの合間を器用に縫って走ったり、目的地が見えないほどの長蛇の列に並んだりしている人々。全員が見慣れない服を着ている。

その時、上方から甲高い叫び声が聞こえてきた。

見上げると、見たこともない鉄の塊に人々が乗せられ、皆一様に絶叫している。

拷問を受けているのかと思ったが、誰もが笑って楽しんでいるようだった。

『次アレ乗ろう、アレ！』

『待て待て、あまり走ると転ぶぞ！』

子供がはしゃぎ、父親を引っ張るのが見える。雰囲気から察するに、父親は子供を注意しているようだ。

というか、さっきから一つ気になることがある……言葉が分からない。

まるで呪文のような言葉を誰もが当たり前のように口にしているので、正直かなり怖い。

すると突如、機械的な男性の音声が頭の中で響いた。

【――同調率1％　日本語を習得します】

その声を聞いたあと、どういうわけか次第に周りの人の言葉が理解できるようになってくる。

「ママ～、アレは何～？」

俺の近くにいた一人の小さい女の子が、遠くにある巨大な物体を指差してそう言った。今の言葉はハッキリと意味が分かったぞ。

少女が指差したのは、巨大な円形の建造物だった。円の骨組み部分には、いくつもの小部屋みたいなものがぐるりと取り付けられている。小部屋は魔法か何かでゆっくりと回転しており、円の最下部では人が入れ替わりで小部屋の中を出たり入ったりしていた。乗り物なのか？

「あれはね、『観覧車（かんらんしゃ）』って言うの」

「ふ～ん？」

母親らしき人物の答えを聞き、興味があるのかないのか分からない返事をする少女。

あの乗り物の名前が「カンランシャ」だと、ハッキリ聞こえた。

聞いたこともない……というか、そもそもアレの何が楽しいんだろう？

そう思いながら視線を違うものに移す。

先ほども見かけた、凄（すさ）まじい速さで動き回る乗り物が気になった。

少し遠いので、近付こうと人混みを避けて歩きだしかけて、あることに気付く。

……そういえば俺、裸だったな。

まあ、それを誰も気にしてないので、この光景はリアルな夢だということだろう。

でもやっぱり、この人混みの中で裸というのもな……俺、そんな趣味ないし。

そう思って近くの売店らしき建物にあった服を見た瞬間、いつの間にか俺がその服を着ていた。

不思議なデザインの動物が描かれた上下セットの服だ。他の人も何人か着てるのを見るけど、ここの名物なのかな？

次々と疑問が湧いてくるが、今はひとまず気になった乗り物がある場所に向かおうとする。

と、その時、アヤト師匠と同じくらいの年齢であろう人たちが、笑いながら俺の横を過ぎていった。

「やっぱ速えよ、あのジェットコースター！　死ぬかと思ったわ！」

「それがいいんじゃん？　もう二、三回乗りたいんだけど、俺」

「本気で言ってんなら絶交だからな⁉」

今の人たちは、俺が気になった乗り物がある方向から来てたな……あの乗り物は「ジェットコースター」って名前なのか？

俺は出しかけた足を止め、その場で立ち尽くした。

根本的な疑問がずっと頭の中を支配し、モヤモヤしてしまう……

この世界はなんなんだろうか？　と。

夢にしては、何もかもがリアルすぎて気持ち悪い……それに、ここにいる人間は、俺の世界の人たちと何かが違っている。

何よりも違和感を覚えたのは、どの人も黒髪黒目をしていることである。

一人や二人ならそこまで珍しくないけど、ここまで黒髪黒目の集団が集まるとかなり異様だ。この場の全員が、誰かによって意図的に集められたのではないかと思えてきてしまう。俺も黒髪になりつつあるし。

黒髪といえば、そろそろ目を覚まして早く師匠の顔が見たいなぁ……

……そう思った瞬間だった。

「おーい、綾人！　あんまり離れるなよー！」

聞き覚えのある名前を耳にし、思わず声のした方向を振り返る。

人が多くてどこから聞こえたのかと思ったが、すぐに分かった。いや、分かってしまった。

離れたところに、包帯を身体の至るところに巻き付け、ミイラのようになっている少年が見える。

その少年が、大人の男女二人に手を振ってその声に応えていた。あの子の両親か？　男性は師匠と同じくらいの背丈で、体格がガッシリとしている。先ほどの声はこの人のものに違いない。

女性の方も、周りの同性と比較すると背が高めで髪がかなり長く、失礼だが胸が大きい。そして、全身に凛とした雰囲気を纏っていた。二人共黒髪黒目である。

俺はその人たちから目が離せず、じっくりと観察した。

さっき、あの男の人は包帯の少年のことを「アヤト」と呼んでいた。俺の考えが合っていれば、もしかしたらこの人たちは師匠の……

「おとーさん、おかーさん！　アレ乗りたい！」

「カンランシャ」を指差し、舌足らずな口調で自らの意志を告げる少年。

少年の両親はやれやれといった感じで、早歩きで少年のあとを追う。俺も彼らに付いていくことにした。

「観覧車か……何事もなければいいんだけどな……」

父親が深刻な表情で、意味深なことを言う。

「私たちがいれば大丈夫。だって、私たちは世界最強よ？」

対して母親は、何も心配はないと笑って返した。

「カンランシャ」に何かがあるのだろうか……？

二人の会話に疑問を感じた俺は、先ほどの少年に視線を戻した。

すると、俺は再び違和感を抱く。

この場には大勢の人がいる……それなのに、少年の周囲には誰もいない。

最初は人々が少年を避けているのかと思った。しかし、チラチラ見ているものの、特段少年のことを避けている様子はなかった。

むしろ、偶然あいたスペースの真ん中に、少年だけが不自然に入り込んだような……

——ギシッ。

その時、何かが軋む音が聞こえる。

気になったが、左右を見渡してもどこから鳴った音なのか分からない。

もう一度、ギシッという同じ音がした。この音を聞くと不安になるのはなぜだろうか……？

その答えは、すぐに分かった。

不快な音が、一層大きく鳴り響く。そこでようやく、その音は上から聞こえたのだと理解する。

見上げると、「カンランシャ」のいくつもある小部屋みたいな乗り物の一つが、危うげにグラグラとしていた。

次の瞬間、突如として強風が巻き起こり、さらに揺れた小部屋がバキバキと嫌な音を立てる。

「「綾人っ‼」」

少年の両親も状況を理解したようで、大きく叫んで少年に駆け寄る。

同時に小部屋が「カンランシャ」から外れ、少年と両親の真上に勢いよく落下する。

「っ――」

俺は咄嗟に手を伸ばしたが、もう手遅れだった。

凄まじい音を立てて、乗り物が少年たちの上に落ちる。

乗り物はぐちゃぐちゃに潰れており、どれだけの衝撃だったかを物語っている。三人の生存の可能性は、限りなくゼロに等しかった。

「きゃ……きゃあぁぁぁぁっ⁉」

近くにいた一人の女の人が、「ジェットコースター」に乗った時などとは比較にならないくらいの甲高い悲鳴を上げ、周囲の人々は一気にざわつき始める。

「おい、誰か人を呼べ！」

「いい、今……子供が下敷きに……⁉」

「子供だけじゃねえ、大人二人も突っ込んでいったぞ⁉」

人々の声が聞こえるが、意味がまともに頭に入ってこない。

目の前で起きた信じられない出来事に、身体が震える。

人が……それも年端も行かない少年が絶命した場面を目にしてしまったのだ。

早く……早く夢なら覚めてくれ！　こんな悪夢に何の意味が――

と、その時。再びギシギシという音が聞こえた。

今度は上からではなく、目の前の潰れた乗り物からだ……

すると、信じられない光景が眼前に広がった。

ぐしゃぐしゃになった鉄の塊が徐々に持ち上がり、誰かが下から現れたのである。

「おー、今度は確実に殺しに来やがったな」

「今度も、でしょ？　いつものことよ」

なんと、少年の父親が鉄くずとなったものを持ち上げて立ち上がり、母親も少年を大切そうに抱いて出てきたのだ。しかも二人共、日常会話をしている。

「ゴンドラ、もうちょっと上げてくれない？」

「えぇ？　他のお客さんに当たらないか心配なんだけど……」

「仕方ないわね……」

母親は溜息を吐いたと思ったら、父親の頭の上にある鉄くずを蹴り飛ばしてしまう。

鉄くずは勢いよく回転しながら、誰もいない後方へ飛ばされた。

め、滅茶苦茶すぎる……

この規格外な感じ、物凄く師匠と似てる。やっぱりあの少年は幼い頃の師匠で、大人の二人は師匠の両親なのだろうと確信した。

泣いている師匠に、母親が顔を近付けて優しく声をかける。

「怖かったよね……頭からまた血が出ちゃってる？　帰ったら包帯替えないとね」

そう言って師匠の背中を擦る母親。まるで子供がただ転んだだけかのようなあやし方だな……

師匠は、簡単に泣き止んだ。

さすがは母親の包容力……重そうな鉄の塊を蹴り飛ばすような女性にはとても見えない。

何人かの人が心配そうに一家のもとにやってきて、何かを話しているが、よく聞こえないまま景色が暗転してしまった。

結局、あの家族がどうなったのかは分からずじまいだった……と、暗くなった景色が再び明るくなって、さっきとは別の場所が映し出される。

「ここは……」

思わずそう呟く俺。いつの間にか、自然に声が出せるようになっていた。

不可思議な現象にあまり驚かなかった辺り、どうもこの夢と言えるか分からない空間に慣れたというか、馴染んできている気がする。

眼前に広がった光景は、どこかの部屋の中。綺麗に彩られた多くの家具が置かれている。

貴族の部屋……いや、宝石の飾り付けもないし、そこまで豪華ではないか。とはいえ、間違いなく上流階級に分類される人間の住む部屋だろう。中央にはベッドがあり、その上に一人の少年が足を組んで堂々と寝転がっていた。

俺と同じくらいの年齢っぽいけど、遠くから見ていても、どことなく師匠の面影があるような気が……

すると突然扉が開いて、老人がズカズカと部屋に入ってきた。

「綾人、交代じゃ。次はお前さんがあの子の警護をしてやれい」

「……」

アヤトと呼ばれた少年は、老人の言葉に答えずに寝返りを打つ。やっぱりアレって師匠？

さっき見たのといい今のといい、この空間で見る光景は何かの意味がある気がする……まさかこれ、師匠の記憶とか？

考え事をしている間にも、師匠らしき人と老人の会話は進んでいく。

「別に……俺が行く必要ないだろ？　爺さんなら一週間寝ずに警護できるし。だから爺さんとこに依頼が来たんだよな？」

「なんじゃ、イジけてるのか？　同年代の女の子に嫌われそうだからって……というか、一週間不眠不休て。孫なら老体を労れぃ」

笑ってそう言う師匠のお爺さん。

それに対して、師匠がムッとした表情になって起き上がる。

「ああ、そうだよ！　なんで俺のことを嫌う奴の警護なんて進んでしなきゃならない⁉　それに今俺が年頃の女の部屋に入ったら何を言われると思う？　そう、『女子の部屋に入るなんて信じられない！　この変態！』みたいな意味の言葉に決まってるだろ」

怒ったように言う師匠。後半はモノマネみたいな喋り方をしていた。

なんだか初めて見るな、こういうテンションの師匠。芝居がかっているというか……お爺さんも怪訝な顔をしていた。

「……なんだか、ヘンテコな口調になったのう……日本から離れて生活しすぎたからか？」

「ああ、おかげさまで。修業という名目で世界中を連れ回されたせいで、皮肉屋になっちまったのかもな……んで、本気で俺にやらせる気か？　大統領サマのご息女の警護を」

師匠がベッドから立ち上がり、背を伸ばしながら聞く。

ご息女の警護って……メアさん、じゃないよな？　多分ここは違う世界だろうし……

ここはきっと、師匠の故郷。だとしたら、俺にとっては異世界ということになる。

師匠のお爺さんは、その質問に大きく頷いた。

「今夜は嫌な予感がするからの。ご息女はお主に任せ、わしは大統領とご夫人の方に付きたいと思っとる」

「分かったよ。爺さんがそう言うなら仕方がないか……また嫌われてくるとしますかね」

師匠は肩を竦めて、部屋を出た。

師匠のお爺さんも退室し、俺も二人に付いていく。

師匠とお爺さんは、廊下の分かれ道でそれぞれ反対方向に進んだ。

どちらに行こうかと悩んだが、俺の意志とは無関係に師匠の方へ身体が引っ張られてしまう。

やっぱりこれが師匠の記憶だからか……？

師匠はしばらく廊下を歩き、やがてピタリと一つのドアの前で止まって大きく深呼吸する。

そして、その扉を数回ノックした。

ドアの向こうから女の人の声が返ってくる。

『……はい？』

師匠は何も言わず、ドアを開けた。

部屋の中には、俺や師匠と同じ年齢くらいの褐色の少女がいた。ベッドの上で上半身だけを起こし、こっちを見ている。

少女はかなり刺激的な格好だ。でも師匠だったらこういった事態も飄々と流せ――

「っ……いくらプライベートだからって、ネグリジェは大胆すぎるだろ……！」

――なかったようだ。

師匠は顔を真っ赤にしていた。もしかしたらこの頃はまだ、俺のような普通の男子の感性を持っていたのかもしれない。だったらかなり貴重だ。

『っ⁉　なんであなたがこの部屋に……お爺様はどうしたのよ！』

両手で胸元を隠しながら高い声で叫ぶ少女。

……？　でも、なぜか今までと違って言葉が分からないな……これもそのうち理解できるようになるのか？

師匠はやれやれといった風に口を開く。

「あー、英語だから何言ってるか分からないけど、言いたいことはなんとなく予想できる。グランパとか言ってるから爺さんのことだろ？　俺は爺さんと交代で来たんだ……って、日本語で言っても分からないか」

なるほど、師匠も言葉が分からないみたいだ。「エイゴ」に「ニホンゴ」っていうのは言葉の種類か？　「ニホンゴ」に関しては、さっき頭の中で聞こえた男性の声が同じ単語を言ってた気がする。

それらの詳細は不明だけど、とにかく師匠が分からないのであれば、俺も分からないのかもしれない。俺の考え通り、これが師匠の記憶だとしたら、師匠の知らない場所、言葉、景色はこの空間に反映されないということだ。

『何を言ってるか分かりませんが、ここから出ないと警備の者を呼びますよ？　早く出ていってください！』

少女は激昂したようにまた叫び、師匠に枕を投げ付けた。

しかし、それを師匠は平然と受け止める。

「枕投げのお誘いか？　嬉しいな、学校の修学旅行でもやったことないんだ。というか、みんな俺と関わろうとしてくれないんだけど」

楽しげに冗談を言う師匠。笑ってるけど、言ってることは悲しいよな……

師匠は枕を床に捨て、少女にゆっくり近付いた。

『な、何をする気ですか……犯すというのならタダではおきませんよ⁉　私だって、ただのか弱い女じゃないんですからね！』

慌てたように喋り終えると、少女はシーツの下から何かを取り出す。

金属製の、黒い塊だ。直角のブーメランみたいな形をしていて、手で握れるようになっている。先端には穴が空いていた。

少女は黒い塊を両手で握り締め、穴の空いた方を師匠に向けて構える。状況から推察すると……まさかアレは武器なのか？

そう思って師匠の顔を見てみると、驚いたように目を見開いていた。

え……師匠がそんな顔をするなんて。あの子が持ってるアレって、そんなにヤバいやつ――

――パァンッ！

耳をつんざく破裂音が、突然室内に響き渡った。

俺は思わず、耳を塞いでその場にしゃがみ込んでしまう。

少しして目を薄く開けると、少女の持っていた鉄の塊から煙が出ていて、構えていた両腕が上に上がっていた。

状況から考えて、あの鉄の塊の穴から何かを発射して攻撃したみたいだ。

心配になった俺は、再び師匠に視線を向ける。

師匠は攻撃を避けたようで、背後の壁に小さな穴が開いていた。

壁は見た限り、石に似た素材でできているっぽい。今の少女の攻撃は、そんな堅そうな壁に容易く穴を開ける程の威力を持っていた……？

「おいおい、娘が拳銃を持つって……物騒な国だな？」

ぼやく師匠を他所に、少女は再び鉄の塊を構える。どうやら「ケンジュウ」という武器らしい。

『こ、こ、今度は外しませんから……本当に当てますからね!?』

もう一度攻撃する気のようだ。

しかし師匠はあろうことか、平然と少女の方へ歩きだす。

『ひっ……!?』

その行動に怯えたのか、「ケンジュウ」を持っている少女の手に力が入った。

またあの凄まじい音が鳴るのだろう。でも、俺は二人から目を離さないよう瞼に力を込めた。

今度は何が起きたのかを見逃したくない。

それがどんな攻撃で、師匠はどうやって対処するのかを……

パァンッ！

再び鳴り響く破裂音。

耳を塞ぎたくなるのを我慢して、俺は師匠の行動を目に焼き付けた。

……と言っても、ほんの一瞬の出来事だったが。

音が鳴る直前に、師匠は身体を僅かに動かしていただけだった。

そして、師匠の背後にはまた一つ穴が開いている。

結局、何を撃ち出したのか見えなかった。だけど、射出されたものがとんでもない威力であることは二度の攻撃で理解する。

何かの魔道具？　こんなのを連発されたら、いくら師匠でも避け切るのは……

過去の映像だとは分かっているが、俺はどうしても心配してしまう。

今現在の師匠は五体満足でいるのだから、危機感を抱く必要はないのだけれど。

と、師匠が瞬時に少女の目の前に移動し、「ケンジュウ」を奪い取った。その手並みは鮮やかで、あまりの早業に少女は「ケンジュウ」が取られたことに数秒気付かなかったくらいだ。

「日本じゃないとはいえ、女の子がこんな物騒なモンを持ってるのもどうかと思うぞ？」

師匠は独り言のようにそう呟き、「ケンジュウ」を裏返したりして観察する。

『かえ、返しなさ――』

少女が手を伸ばした時、師匠は「ケンジュウ」を天井に向けた。

三回、破裂音が響き、天井に穴が空く。

突然の行動に、俺と少女は肩をびくっと振るわせてしまう。

すると上から不自然な音が鳴り、続いて天井が割れて何かが床に落ちてきた。

「ぐ……おぉ……!?」

それは腹部を押さえた黒ずくめの男だった。

押さえた腹から赤い液体が流れ、床に広がっていく。

落ちてきた男を見て少女は小さく悲鳴を上げ、息つく間もなくもう三人が天井から下りてきた。やはり全員黒ずくめの格好である。

『チッ、気付かれていたか』

『『……』』

一人は男の声を発し、無言で師匠を見る他の二人は、胸部が膨らんでいるから女性だと分かる。

『まずは私たちからやるわ』

『あなたがいると私たちの邪魔。だから下がってて』

女性二人が服の裾から小さな武器を出して手にし、前に出てくる。

どうやら三人同時に襲ってくるわけじゃなさそうだ。

「クナイか……お前らは外国人みたいだが、日本の忍者の真似でもしてんのか？　ニンニン……なんつって」

師匠はその武器に心当たりがあるらしく、右手の人差し指と中指を立てて胸の前に構え、バカにするように笑いながら言った。

その挑発めいた態度に怒りを覚えたらしく、女性二人はムッとした様子で師匠に襲いかかる。

二人は左右に別れて同時攻撃を次々と仕掛けてきた。

息の合った二人の攻撃に、俺は見てるだけでも翻弄されそうになっていたのだが、師匠は驚きも動揺も見せずにヒラヒラと躱していく。

「素晴らしいコンビネーションだ。もはや芸の域だな……面白いし避けやすい」

攻撃を避ける中で、師匠のそう呟く声が聞こえた。

さすが師匠……これだけ絶え間ない攻撃を受けているのに、余裕すぎる。

というか、百歩譲って面白いという感想は理解できるとして、なんで避けやすいとまで言えるんだ？

『『くっ……なんで当たらない!?』』

「お、今の言葉はなんとなく分かったぞ。なんで当たらないかって？　そりゃお前らはたしかに速くて手数も多い……だが冷静に観察すれば、お前らはそれぞれが対称的に動いちまってんだよ。だからほら……」

続きを言いかけた時、女性たちの一人が師匠の後ろに回り込み、前後から同時に斬りかかる。

師匠は跳躍し身体を捻って二人の攻撃をギリギリのところで見事に回避し、また元の姿勢に戻った。

「……こうやって、タイミングさえ合えば容易に躱せちまう。連携自体は大したもんだが、なんならそれぞれがバラバラに攻撃してきた方が対処しにくいな。それに、ここまで完璧に息が合ってると……」

説明口調だった師匠が、再び背後に移動した女性を、振り向くことなく豪快に蹴り飛ばした。

吹っ飛ばされた女性は轟音を立てて壁に激突し、そのまま突き抜けていってしまう。

『……は？』

「こういう風に、動きを読みやすい。それに連携に慣れている奴が相手なら、歯車を取るように片方を退場させてしまえば、たちまち動揺して機能しなくなる」

残った女性を、師匠は反対の壁へ蹴り飛ばした。

今度は壁が崩れることはなかったが、その代わりにベシャッ！　という音と共に女性の背中から大量の血が壁に広がり、口からも吐血する。

『あ……か……』

女性はずるずると壁を沿うように落ち、臀部が床に着くと同時に首がカクッと曲がる。その目から光が失われていき——彼女は絶命した。

人間がこれほどまでに容易く死ぬのか……そう思いながら壁を突き破ったもう一人の様子も見に行くと、その人は今の女性よりも無残な姿で絶命してしまっていた。

『こんなことが……たった一人になんてザマだ！』

その時突然、戦いを見守っていた男が大声を上げる。

そして懐から二本の剣を取り出して、師匠に斬りかかった。

男は腕を交差させたまま一瞬で師匠に近付き、師匠はなぜか身体を捻る。

すると、師匠の背後にあった壁に亀裂が走り、バラバラに切り刻まれた。

今の動き、俺には見えなかった⁉

「達人か……さっきの二人よりは強いな」

『やはり子供だと思って相手していると、こっちがやられかねんか……！　タカナシの血族が護衛の中にいるという噂があったが、お前がそうらしいな』

理解できない言葉がいくつも飛び交う中で、唯一「タカナシ」という言葉が耳に残った。

「ん？　お前も小鳥遊大好きっ子か？　ダメだぜ、ファンなら事務所を通してくれないと……具体的には、爺さんに」

師匠が言った。遠回しに厄介事をお爺さんに押し付けたような……

そんなことを思ってる間にも、師匠たちは戦いを続ける。

戦いは瞬時に激化していった。師匠と男は、先ほどの戦いとは比べ物にならないスピードで動いている。

壁も床も家具も容赦なくバラバラになっていく中で、唯一褐色の少女の周囲だけが無事だった。

注意深く見ると、当たったら確実に怪我しそうな破片などが少女に飛んできた時に、一瞬だけ師匠がそれらを弾いているのが分かる。

これだけの激戦だというのに、師匠にはまだ誰かを守るだけの余裕があるってことなのか？

すると師匠たちの動きが、突如ピタリと止まる。

師匠は身体中が血だらけになっていた。

一つひとつの傷自体は小さいが、至るところを怪我している。

ボロボロの姿を見て、俺は不安に襲われる……がしかし、それはすぐに収まった。

師匠と戦っていた相手の身体がゆっくりと崩れ、バラバラに散乱したのだ。

床に腕や足が転がり、よく見れば、かろうじて無事だった壁は真新しい大量の血で汚れている。

俺はその光景を見ても、普段なら襲ってくるであろう吐き気や嫌悪感がまったくしなかった。そしてそんな自分に対し、驚いてしまう。

それどころか、こいつは死んで当然という考えさえ浮かんでくる。特別、こいつに何かされたわけでもないのに。

俺自身がこいつを殺してしまいたかった……そういったどす黒い衝動まで湧き上がった。

俺の隣では、壁全体に塗り広がった血を見た少女が、地面にうずくまって嘔吐していた。

いつもだったら俺もこうなってるはずなんだけどな。

まるで今の俺は、俺じゃないみたいに……

そう思った次の瞬間、目の前が暗くなり、俺の意識は途絶えてしまった——

【——同調率5％　及びダウンロード完了　第一深層意識を解放】
再び聞こえてきた機械的な男性の声でスッと目が覚める。

周囲が薄暗くて、見渡してもほとんど何も見えない。

ゆっくりと身を起こすと、自分がベッドの上にいることに気付いた。暗闇に慣れてくると、見覚えのある家具が目に映る。

そこでようやく、ここが魔城の客室であることを思い出した。一時はどうなるかと思ったが、ちゃんと現実の場所に戻ってこられたみたいだ。

さっきまでの喧騒が嘘のようになくなり、静けさが逆に不安を掻き立てる。

だが耳を澄ませると、遠くから僅かな物音と小さな声が聞こえ、少し安堵した。

誰かが近くにいるというのが、こんなにも安心するとは思わなかった。

そういえば、と先ほどの夢みたいな体験のことを思い出す。

最後に意識がなくなる直前、妙な寂しさを感じたのだ。

「一人になりたくない」「誰でもいいから近くにいてほしい」……そんな感情が襲ってきた。

しかしそれは俺が感じているというより、まるで誰かがそう思ったのを追体験したかのようだった。

「……寂しい、か……」

真っ直ぐ伸ばしていた膝を曲げて、その間に顔を埋める。

目覚めた時は寒気を感じていたが、今は徐々に暖かさが身体に戻ってきている。

なんであんな夢を見たのか……いや、そもそもアレは夢なのか？

夢にしてはあまりに生々しく、今もハッキリと見たことを覚えている。

「……寒いの？」

と、突然横から話しかけられた。

そっちに目を向けると、赤い瞳だけが宙に浮かび、こっちを覗いている。

……って、違った。肌や服が真っ白だから輪郭がシーツや白い壁に同化していただけで、よく見たらちゃんと人の姿をした少女だ。

この少女は俺たちを襲い、俺を殺した……「白」と呼ばれていた悪魔である。

第4話　白い悪魔への名付け

「寒いなら暖めてあげるけど……どうする？　クフフ……」

白さんはノワールさんのような妖しい笑みを浮かべ、モゾモゾと近付いてきて俺の腕に絡み付いた。

俺はどうやら、殺されそうになっていた白さんを師匠から庇ったことで懐かれたらしい。

今は最初に出会った時にしていたツインテールではなく、結んでいた髪を解いて真っ直

ぐ下ろしていた。そのため、白い髪がより一層綺麗に見える。

「見蕩れてくれてるの？　だったら嬉しいのだけれど」

白さんは本当に嬉しそうな笑顔を向けてきた。

「いえ、なぜ俺のベッドに白さんがいるのかと思いまして……寝る時にはいなかったはずですよね？」

「最初からいたわよ？　カイト君が気付かなかっただけ」

「え……」

その言葉に、俺は動揺して固まってしまった。

徐々に口の端が引きつるのを感じつつ、白さんに確認する。

「ま……まさか、白さんの寝ていたベッドに間違ってお邪魔してしまった、とか……？」

「いいえ？　カイト君が布団に入ったあと、すぐに私が入り込んだのよ。いきなり『私と一緒に寝ましょ』なんて言っても、断られちゃうと思ったし」

だからって意識がない時に潜り込んだのか、この人は……

悪魔かよ？　……って思ったけど、実際のところ悪魔だったな、うん。

「はぁ……それで白さんは何か俺に用ですか？」

「クフフ、それはね……ん？」

白さんは何かに気付いた様子で、俺の身体に顔を近付け匂いを嗅ぎ始める。

「な、何……!?」

「うーん……気のせいかな？　なんだか昨日一緒に寝た時とは違う匂いが混じってる気がしたんだけど……」

それって寝汗じゃないかな？　と思ったが、口には出さない。

白さんは再び笑顔に戻り、さっきの続きを話し始める。

「それで、用件なんだけど……私に名前を付けてくれないかしら？」

「えっ、名前……ですか……？」

意外なお願いに思わず聞き返した。

「そう、名前！　さっきあなた、私のことを『白さん』って呼んだでしょ？　それって私が白いから周りの人が勝手に付けただけで、ちゃんとした名前じゃないのよ」

「そうだったんですね……分かりました。じゃあ、どんなのがいいですか？」

名前を付けるだけなら、ということで承諾して希望を聞いてみる。

しかし、白さんは首を横に振った。

「カイト君が全部決めて。あなたに考えてほしいの」

上目遣いでそう言ってくる白さんは、不覚にも可愛らしく見えてしまった。

「え、で、でも俺……人に名前なんて付けたことないし、センスないかもしれませんよ？」

俺がそう言うと、白さんは俺から離れてベッドをゴロゴロと転がり、頭側をこちらに向けてうつぶせの格好になった。そしてその体勢のまま両手で頬杖を付き、足をバタつかせて「んー……」と悩んだ様子を見せる。

「あからさまに変な名前を付けられるのはちょっぴり嫌だけど、それでもカイト君に付けてもらえるなら怒らないわ♪」

つまり、やはりある程度の好みはあるということか。口ではああ言ってるけど、下手な名前を付けたらどうなってしまうんだ？　もしかすると、あまりに酷かったらまた殺される可能性も……？

可愛らしい笑顔でこちらを見る白さんに内心で冷や汗を掻きつつも、俺は白さんの名前を真剣に考えることにした。

聞くところによれば、師匠やメアさんは誰かの名前を付ける時に、付ける相手の特徴から連想していたという。

メアさんの付けた「クロ」は、見た目をそのまま名前にしたってのは丸分かりだし、師匠は肌の色や服装からイメージすることが多かったようだ。

白さんは髪も肌も服装も白いからシロ？　……さすがに同じ名前を付け直すのは酷いな。でもここまで白いとなぁ……白といえば、俺の場合は雪を連想する。

そして、全身が真っ白の中で唯一赤い瞳……

「ん？」

ジロジロ見ていたら、白さんが小首を傾げて見返してきた。

その時の笑顔が破壊力抜群で、自分の顔が熱くなるのを感じる。

きっと今の俺は顔が真っ赤になってしまっているだろう……その証拠に、白さんがニヤニヤとイタズラっぽい笑みを浮かべている。

思わず視線を逸らしそうになった瞬間、ふと頭にある風景が浮かんできた。

雪の中に滴る血……実際に見たわけじゃなくただの想像なのだが、それが自然と浮かんだのだ。

「血……雪……」

「……チユキ？」

俺が思わず零した言葉に、白さんが反応した。

あっと思って訂正しようとしたけれど、白さんは少し思案したあとに笑って身体を近付けてくる。

「可愛い名前ね、気に入ったわ。クフフ……！」

「そ、そうですか……？」

彼女はその名前を気に入ってくれたようで、起き上がってからベッドの上でクルクルと回り始めた。

チユキって付けようとしたわけじゃないけど、気に入ってくれたのならそれでよしとしよう。

「それじゃあ、呼んでみて！」

「え？」

回転していた白さん……改めチユキさんがキュッと止まり、俺を見てそう言った。

よく理解できずに聞き返すと、チユキさんは俺の膝の上に座って肩に腕を回してくる。

「な・ま・え！　最初にあなたからちゃんと呼んでほしいの……」

甘えた声を出して、また顔を近付けてきた。

俺は恥ずかしくなって顔を背けながらも、チユキさんの名前を口にした。

「ち、チユキ……さん……」

「もっと～！　もっとハッキリと言ってよ～！」

「チユキ、さん……！」

「もっともっと！　もっと元気に！　心を込めて！」

段々師匠みたいに悪ノリしてくるチユキさん。

しかもただでさえ近いのに、さらに顔を近付けるものだから、俺たちの距離は今にも互いの唇が触れそうになるほど接近してしまっていた。

それに耐えかねた俺は、半ばヤケクソ気味に彼女の名前を叫ぶ。

「分かりましたよ、チユキさんっ！　これでいいんでしょう⁉」

「うーん、ちょっと無理してる感じがあるけど……仕方ない、か。でも名前を呼ぶ機会はこれからもまだまだあるし、今日のところはこれで満足よ。ゆくゆくはもっと親密な関係になって、呼び捨てにしてもらえる日を楽しみにするのも一興かしら？　クフフフ……！」

ひとまず気が済んだのか、チユキさんはようやく俺から離れてベッドを降りた。

俺もホッとしながら布団から出て立ち上がる。

「呼び捨てですか……機会があったら頑張り、ます」

正直、チユキさん相手にそこまで馴れ馴れしくできる気がしないんだけど。

「クフフ、楽しみにしてるわ♪」

チユキさんはそれだけ言って、部屋を出ていく。退室の際、投げキッスをしてきた。

本当にあの人は、俺のことが好き……なんだよな。

突拍子もない話で最初は正直信じられなかったが、嘘をついてるとは思えない。

とはいえ、自分を殺した相手に好かれるというのは複雑な心境であり、なかなかに辛いのだ。

「こういう時、どうすればいいんでしょうかね、師匠……？」

「誰しもに当てはまることですが、心のまま欲望のままに行動した方がいいですよ。でなければハゲてしまいます」

「はぁいっ⁉」

独り言に返答され、俺は奇声を上げて大きく飛び上がってしまった。

ドアの方を見ると、そこには魔城の使用人であるアイラートさんが立っている。

「あ、アイラートさん……？」

「はい。皆さんが大好きなメイド服を着ている、アイラートですよー」

アイラートさんがそう言いながら、両手でピースして人差し指と中指を開閉する。

この人はランカさんと同じく俺たちを最初から敵視しておらず、魔城に来た時もこんな感じで茶目っ気たっぷりにもてなしてくれた。

師匠が言うには、「彼女の言葉や態度には裏がなく、それは俺たち人間に対する興味が皆無であるから」ということらしい。

俺がしばらく無言でいたのを不審に思ったのか、アイラートさんはピースサインをしたまま首を傾げる。

「おや、好きではありませんか？　メイド服」

「えっ、いや……」

その問いに答えかねていると、アイラートさんは自分の服を見せびらかすようにクルリと一回転した。

「男性の方は皆、メイド服に対して異常なまでに執着し、メイド服姿の女性に『ご主人様』と呼ばれたいという願望を持って生まれてきたと聞いておりますよ」

「誰ですか、そんな根も葉もないこと言ったの⁉」

「お連れの中にいたユウキ様です」

ああ、あの人か。俺の中で、ユウキさんが変人というイメージが一瞬にして固まった。

「実際にユウキ様をそう呼んでみたところ、予想以上に喜んでもらえましたし。あそこまで喜ばれるとメイド冥利に尽きますね。まあユウキ様には若干引いてますが」

「嬉しいのかそうでないのか、どっちですか？」

どんな喜び方をしたら、こんなに寛容そうな人に引かれるのだろうか……

「両方です。せっかくですし、私がユウキ様に引いてしまった理由をお教えしましょう。カイト様、今から私がユウキ様にして差し上げた挨拶と同じものをお見せするので、ご感想をください」

「はい？」

突然アイラートさんがそんなことを言いだし、俺の返事も待たずその場で一回転して見せた。

メイド服のスカート部分がフワリと浮き、ターンを終えるとそのスカートを軽く持ち上げて一礼する。

最初は何かと思ったが、とりあえずここまで見てる限り、おかしいところは一つもない。

エリーゼさんと比べると、キレがなく少しぎこちない感じもするが、ごく普通の挨拶である。

しかし次の瞬間、その感想は覆されることになる。

「いらっしゃいませ、ご主人様」

そう言ったあと、アイラートさんの表情が凄まじく歪んだ。

おそらく笑おうとしているのだろうが、激しく失敗している。口角は片方だけ吊り上がり、片目を細め、もう片方の目は尋常ではないほど見開かれていた。

その表情はまるで人を陥れようとする外道が浮かべるようなもので、少なくともメイドがご主人様に向ける表情では絶対にない。

アイラートさんは笑顔（?）を引っ込め、無表情に戻る。

「いかがでしたでしょうか、カイト様?」

「……」

感想を言えと言われても、絶句して言葉が出てこなかった。

世の中には笑顔が下手な人がいるかもしれないけれど、これはあんまりだ……

俺から何かを察したアイラートさんはフッと笑う。あっ、自然に笑う分には問題ないのか。

「と、私は昔から自分で笑顔を作ろうとすると、今のように悪質なものとなってしまうのです。おかげでペルディア様が魔王だった頃は『笑いたい時以外は笑ってはいけない』とまで言われてしまいました……しかしこの笑い顔モドキをユウキ様にお見せしたところ、無駄にいい笑顔で絶賛されたから驚きです。自分の表情がどれだけ酷いか知ってる私から言わせてもらいますと、正直あの感性にはドン引きでした」

「相手と自分を同時に貶すって凄いですね」

せめて自分を褒めてくれた相手のことくらいフォローしてあげたらいいのに……

「しかし……ユウキ様やカイト様の反応を見て、他の方々のリアクションも見てみたくなりましたね」

「図太いチャレンジ精神ですね!?　辛い反応をされた時とかどうするんですか？」

「その時はユウキ様にでも慰めてもらいましょう。どうせあの方は、私に頼られれば泣いて喜ぶでしょうし」

アイラートさんは、ユウキさんにどんなイメージを抱いているのだろう……

「それはそうと、そろそろお食事のご用意が済みそうです」

「ああ、それを教えてくれるために来たんですね。了解です、すぐに行きますんで」

「いえ、少しくらい遅れてもいいですよ？」

アイラートさんは同情するような目をしたかと思うと、そのまま視線を落とす。

「男性は朝、何かと大変らしいですし……」

それは明らかに俺の股間へ注がれていた。

俺は見られているところを恥ずかしさですぐに隠す。

「余計なお世話ですよ！　大丈夫なんで、すぐに行きますから！」

「おや、すぐにイクだなんて……カイト様は下ネタがお好きですか？　ですが女性を満足させるためにも、あまり早く済ませるのはオススメしませんよ。焦らず我慢の練習をした方が――」

「あんたホントに何言ってんの⁉」

俺は思わず強めに声を出してツッコんでしまった。

しかしアイラートさんはどこ吹く風とでも言うように、「ウフフフフ～」と口元に手を当てて笑い声を出した。

無表情なことから、からかっているのだとすぐに分かる。

「ったく……とにかく、あとでちゃんと向かいますんで！」

「承知しました。では私も他の方々をお呼びしますので、ここで失礼させていただきます」

アイラートさんは頭を下げ、部屋から出ていった。

「ああ……なんかもうドッと疲れたな……」

「もうスッキリなされたのですか⁉　さすがお早い……」

「行くなら早くどっか行ってください」

ドアを少しだけ開けてひょっこり顔を出したアイラートさんを、冷静にあしらう。

その後もしばらくからかわれたが、ようやく本当にいなくなったので、俺は身支度を始めた。

と言っても、服は昨日のままで寝てしまったので、着替える必要はないのだけれど。

やることがあるとしたら顔を洗うくらいだ。

洗面所の場所はたしか……昨日、みんなでご飯を食べた部屋からここに来るまでに見かけたから、ついでに寄ればいっか。

そう思い、俺は昔からずっと使っていた自分の剣を持つ。

――バキッ！

「……え？」

柄を持ったその時、金属が折れるような音が鳴った。

恐る恐る剣を抜くと、耐久に限界が来ていたのか、刀身がぽっきりと真っ二つに折れてしまっている。たしかめるため鞘を逆さにすると、中から折れたブレードの半身が出てきて地面に落ちた。

「……マジかよ」

突然の出来事に自然と声が漏れ、俺は風邪を引いた時のようなゾッとする感覚に襲われる。

「どーしよ……」

少し迷ったが、折れた剣の鍔のある方は鞘に納めて腰に提げ、剣先は机の上に置いておいた。

こうしてくつろいでいると忘れそうになるが、ここは危険な魔族大陸。折れてしまったとはいえ、剣を持っておかなければ落ち着かないのだ。

しかし……折れちゃったか……

この剣は凄く高いものってわけじゃないけど、学園の中等部へ上がる時に父さんがプレゼントしてくれた思い出の品だった。

いつか壊れるってことは分かってたが、とうとうその日が来てしまったらしい。

まあ、学園の授業をはじめ今までいろんな場面で使い続け、さらに最近は魔物や魔族相手に戦って酷使したしな。

むしろ、よく今まで持ってくれたと言うべきか。

剣に対して感謝しながら、次の得物をどうするか考える。

「……そういえば師匠、メアさんに武器をあげてたな。師匠に言えば貰えちゃったりして……って、そんな都合のいい話はないか……」

勝手に期待し、勝手に落胆する俺。

師匠って厳しい物言いもするけれど、結構優しいというか甘い部分があるから、そういうところについつい甘えそうになるんだよな。

……でもやっぱり、師匠に頼ってみようかなぁ。

中等部の俺に新しい剣を買うお金なんてないし、折れたから次の武器を買ってくれって親に言うのもなんだか気が引ける。

でも、だからって師匠に言うのも図々しいか……？

言おうか言うまいかと考えていると、どこからか声がした。

「どうした、その程度かよ？」

怒号にも似た声音だ。この廊下の近くにあるどこかの部屋から聞こえてきたっぽい。

というか俺、いつの間にか洗面所とは別の方向へ歩いてきてるじゃん。

「あー、考え事してたら変なとこ来たか……」

そうボヤきながら、さっきの声が気になったので洗面所へは向かわず声のした部屋を探す。

えーっと……あ、声がしたのはこの部屋か。たしかここは、魔王の間って言ったっけ？

昨日、アイラートさんが案内してくれた場所だから覚えている。

ドアが開いていたのでこっそり覗いてみると、俺は驚きの光景を目にした。

部屋の中には武器を構えるユウキさんたちと、右上半身が禍々しい見た目に変貌した師匠の姿があったのだ――

☆★☆★

俺の隣で嬉しそうにスキップしていたメアが、ニヤついた表情で俺の名を呼んでくる。

「なぁなぁ、アヤト～」

部屋を出たあと、俺たちは現在、廊下を歩いていた。

腹が減ったから飯……の前に、ついでなのでランカたちを呼びに行こうという話になったのだ。

魔王の間に行く途中にイリアと出くわし、泣いて喜ぶ彼女の姿にメアが戸惑ったりもしたが、イリアと別れてからはずっとこんな調子だ。

ちなみにメアに渡した刀は、一時的に返してもらっている。メアの妹と名乗ったあいつが、この刀も自分が出てきた原因の一つだと言っていたからな。

それはそれとして、俺はメアの方を向いて用件を聞いてみる。

「なんだ？」

「ん～？　ンフフフフッ♪」

メアは含み笑いをするだけで、何も言わなかった。

何が嬉しいのかは分からないが、ともかくさっきまでの暗い表情よりはマシだと思い安心する。

しかし……今のメアの様子はなんか犬っぽいな。つい頭を撫でたくなるというか……

そう思っていたら、自然と俺の手はメアの頭に伸びた。

「な、なんだよ～？」

軽く撫でると、メアは俺の手に頭を自ら押し付けて、さらに嬉しそうにする。

その仕草は犬というより、まるで猫……そう、普段のミーナのようだった。

「お前こそどうしたんだよ、急にミーナみたいに甘えてきて？」

「んー、なんだろうなー……って、そういやぁミーナって結構アヤトに甘えてたな……ズルいぞ！」

メアが頬を膨らませて、いじけたように言う。

ズルい、ねぇ……？

今までのことを思い返してみると、メアも結構過剰に接触してくる気がするんだが……

これまで以上に甘えたいってことか？

「羨ましいなら、ミーナを見習って自分に正直になったらどうだ？　膝枕をせがまれようが抱き着いてこようが気にしないぞ、俺は……節度さえ守れば」

「本当か⁉」

一応、最後に保険をかけつつそう言ってみると、メアは表情をパッと輝かせた。今度はまた犬みたいだ……

「なんか、急に甘えん坊になったな」

「おう！　もう覚悟を決めたからな、精一杯アヤトに甘えるって！」

ニヒヒと笑いながらそう言うメア。

俺に甘える覚悟ってなんなんだろう？　一歩間違えば殺されるみたいな言い方はやめてほしいんだけど……まさか本気でそう思ってないよな？

その後もメアは、やや行きすぎたと言えなくもない甘え方をしてくる。

甘えるっていうより、誘惑しているのではないかというレベル。少しやりすぎだと思うものの、一線を越えないギリギリのラインを守っているから、さっき自分が気にしないと言ったこともあって注意しにくい。

メアの過剰なスキンシップを受けつつ、ランカやユウキがいるという目的の部屋へ辿り着く。

魔王の間というだけあって仰々しい造りをした扉だった。そのせいかあまりいい予感がしないまま、俺は大きな扉に手をかけて押し開けた。

僅かな隙間が開き、中から少女の高笑いが聞こえてくる。

「ハーッハッハッハッハッハ！」

その独特な笑い声がランカのものだとすぐに分かった。なんか知らんが、上機嫌だな。

扉を完全に開けると、縦長で、奥側が階段状になっている内部が見えた。階段の下側には武器を構えた者たちが、上側には一人の幼女が立っている。幼女の名はランカこと、カタルラントである。

ランカの外見は魔族特有の青肌に黒髪黒目。服装も黒、黒、黒と黒三昧であり、黒くない部分は片足に巻いた包帯と、持っている奇抜なデザインのぬいぐるみくらいだ。

ランカを見上げて戦闘態勢を取っているのは、俺の友人である新谷結城。

俺と同じ日本人なので黒髪黒目なのは言うまでもなく、整った顔立ちで元の世界では結構モテていた。ただしユウキはオタクであり、元々こいつの中で燻っていた変態性が、異世界に来てから最近は爆発してるようにも見えなくもない。

そしてもう一人。地球でもこの世界でもない異世界から来た、小柄で少女と見間違えるほどの容姿を持った白髪赤目の少年、ノクト・ティルト。

ノクトは魔王討伐のため、ガーランドと共に勇者としてこの大陸にやってきた。可愛らしい見た目だが、外見とは裏腹に怪力を有している上、異世界に召喚されるのはこれで二度目と既に幾度も修羅場を潜っている猛者である……しかし、ノクトの心には脆い部分もあり、とある事情から俺のことを兄さんと呼んでいる。

ぱっと見たらシリアスな場面だが、全員どことなく演技っぽい。

「あ、アヤト君だ。やほー！」

その時、俺の姿を見た茶髪の小柄な少女が、構えを解いて大きく手を振って呼んできた。

ラピィである。

その横には魔術師のローブを着た緑の長髪の女、セレスがいて、俺が開けた扉の近くにはチャラい見た目をした金髪男のアークがいた。

この三人はノクトと同じく、ガーランドの部隊メンバーである。

「おはようございますぅ、アヤトさん」

挨拶をしてきたラピィとセレスに「おう、おはよう」と返事すると、ユウキが声をかけてくる。

「おっ、おはようアヤト！　珍しくしっかり寝てたみたいじゃねえか？」

「まあたしかに、こっちの世界に来てからは安眠できてるな」

「そういや、ここに来る時にアヤトの呪われ体質を取っ払ってもらったんだって？　というか、お前のアレって呪いだったんだな……」

「ああ、シトっていう神にな」

「神様いんの？　会ってみたいね、それは」

ユウキがシトと会う、ねぇ……シトの見た目が可愛らしい子供だってことは言わない方がいいか？　昨日だってノクトを見て「男の娘だ！」とか言ってテンション上がってたし……シトならユウキに迫（せま）られても気にしなさそうだけど。

　そこまで考えて、とりあえず適当に答えることにした。

「まぁ、いつか会えるだろ」

「神様ってそんなポンポン会えるもんなのか？」

「さぁな。まあでも俺やメアはこの世界でも会ったし、あとペルディアも本人が言うには会ったことがあるらしいしな」

「えっ？」

　俺たちの会話に違和感を覚えたのか、横で聞いていたメアがポツリと呟いた。

　今のはなんの「えっ」だ？

　メアは怪訝な顔で俺に言ってくる。

「俺……神様になんて会ったことねえぞ？」

「いや、少なくとも一度は会ってる。俺と初めて対面した時にいた、白い髪の子供だよ」

　メアが俯いて「うーん」と唸り、しばらくして顔がやっと思い浮かんだらしく、ハッと顔を上げた。

「ああ、あの見覚えのなかった子か！　ただの客かと思ってた……」

　ルークさんは何度も会ってるような口ぶりだったけど、どうやらメアはあれが初対面だったらしい。

それはともかく、俺はその場にいる全員の顔を見渡して気になっていたことを尋ねてみる。

「ところで、お前らは何してたんだよ？」

「ゆうまおごっこ」

ユウキが即座に答えてくれたが、イマイチ分からなかったので首を傾げた。

「略したから分かりづらかったか？　勇者と魔王ごっこだよ」

「正式名称を聞いても、何がしたいのか分からない遊びだな、おい？」

俺がそう言うと、ユウキは「なんて言えばいいか……」と悩みだす。

いや、別にそこまで興味ないからいいんだけどね？　そろそろ飯の時間だって言いに来ただけだし……

「具体的なことは決めてなくて、単に魔王っぽいことや勇者っぽいことをしようかなって。そしたら意外とみんな乗り気で……」

ハハハと軽く笑ってそう言うユウキ。

周りを見ると、ラピィやランカが同調するように屈託のない笑みを浮かべていた。

「いやさ、子供の頃はよく近所の男の子と一緒にそういう遊びとかしたし、やっぱこの歳になってもはしゃぎたい時があったり、ね？」

ラピィが子供みたいな笑顔で言う。

今なら実際に子供たちに混じってもそこまで違和感ない気がする……なんなら誰が大人なのか見分けが付かなかったりしてな。

「アヤト君、今凄く失礼なことを考えなかった？」

その時、笑みを浮かべるラピィの額に青筋が現れる。もはや勘がいいというより考えが読まれてる気さえするんだが……何、読心術の心得があんの？

俺は「マサカソンナー」と棒読みで答え、話題を逸らそうとする。

だがその前に、ランカがマントらしき布を差し出してきた。

「はい、これ」

「……あ？」

差し出された意味が分からないまま、俺はそれを受け取る。

広げると、俺が着ているローブに近いデザインのマント付きのローブだった。マント部分の先がボロボロになっていて、ランカの羽織っているかなりほつれたマントといい勝負だ。

「これは？」

「衣装です。せっかく魔王をやるのなら、なりきった方がいいでしょう？」

ごっこ遊びに使うために、この城のどこからか引っ張ってきたってことか？　魔王の根城とはいえ、人の家に上がり込んで服を物色するって、どんだけ図々しいんだ……

「というか、なんで俺がその遊びに加わるの前提なんだ？　しかも魔王って……」

そう言いながらも、差し出されたものは貰っておく。今着ているローブのマント部分は、ペルディアが怪我をした際に、包帯代わりにと破ってしまったから丁度いい。

別にマントにこだわる必要はないんだが……どうせなら黒シャツ一枚より、ちゃんと異世界らしくファンタジックな服装にしたいと思っていたり。

それに、こういう服は俺の性に合う。

ということで、中途半端に破けていたローブを脱いで着用。

「……お？　意外としっくりくるな」

まるで昔から着てるかのような着心地だ。

すると、ランカがドヤ顔で語りだした。

「でしょう？　昔、私も着た時に気に入っていたやつなので、アヤトにも合うと思っていましたが……やはり我らの相性は最高のようだな、盟友……我らは前世のみならず、今世でも無二のパートナーとなるだろう！」

何言ってんだ、こいつ……ん？

「今お前、前にこれを着たっつったか？　この服、幼女のお下がりかよ!?」

「なんですか、嫌なんですか!?　こんなにも可愛い少女が一度使った服を着られるんですよ？　役得じゃないですか！」

そんな得はいらないから、魔王役はユウキにでも押し付けとけよと思う。喜ぶと思うし……というか、今の会話を聞いて少し羨ましそうにしてるんだけど……

あ、このマントの先がボロボロになってるのって、背の小さいこいつが身に着けて引きずり回したからじゃねえか？

「……ま、勝手にこの城のもんを持ち出すのも悪いし、これがランカのお下がりってんなら気兼ねなく着られる。一応貰っとくか」

「素直じゃないですね～。とにかく、あなたも魔王役をやりましょうよ」

そう言って背伸びするランカ。だから何するんだよ……？

第5話　数千年を生きる魔王

「魔王……魔王か……」

魔王の間の奥に入った俺は、正面の急な階段を上りながらブツブツと呟く。

ごっこ遊びとはいえ、ユウキたちを楽しませたいという思いもあって、魔王について真面目に考えているのである。

「遊びなのでそんなに難しく考えなくていいですよ。たしかあなた昨晩、闇属性に適性があるって言ってましたね？　なら適当に派手な闇魔法を撃っとけばいいんですよ」

俺の横に並んで、軽い足取りで階段を上っていたランカがそう言ってきた。奇抜な人形を両手で抱き締めるように持ってるその姿は、ウルやルウのような子供と変わらないのにな……

「なら先生よ、魔法に関して無知な俺様に、その『派手な闇魔法』とやらをご教示くださいませんかねぇ？」

「下手に出てるのか上から目線なのか微妙な言い方ですね!?　……ま、いいでしょう。あなたのような化け物じみた人に教えを乞われるのは、とても気分がいいですからよしとします」

やれやれと肩を竦めて言うランカ。言うじゃねえか、ちくしょう。

とまぁ、軽く雑談をしながら長い階段の一番上に辿り着く。

そこには物々しい椅子が設えられていた。それだけでなく、椅子の後ろには「何かありますよ」とでも言わんばかりの扉があったり……

「そこの扉、凄く気になるんだけど……」

「気になるなら見ていいですよ？　どうせ大層なものはないのですから」

まるでそこに何があるか知ってるみたいに、ランカは興味なさげに言った。さては俺が来る前に調べたな？

「あんま人の家を物色すんなよ？　いくら敵だった奴の家っつったって、節度くらいは守った方がいいぞ」

「なんですか、節度って……美味しいんですか？」

ネタで言ったのかと思ったが、ランカは真面目な表情である。その顔を見て、俺はもう何も言えなくなってしまった。

「それにさっきから人の家と言ってますけど……元はと言えば、ここは私の家でもあったんですよ？」

ランカがシレッとそう言い放つ。

「……はぁ？」

冗談や嘘かと思ったが、どうやら本気で言ってるらしい。

待て待て、魔城が元々こいつの家ってことは……？

「私、元々魔王だったんです」

驚きの事実を告げられ、俺はランカを見たまま硬直してしまった。

ランカはさらに言葉を続ける。

「しかし大昔、私は人間の勇者と呼ばれる者に敗れたのです。命からがら生きながらえたのはよかったのですが、敗者に魔王を名乗る資格はありません。ということで、金なし、宿なし、縋る当てなし幼女の出来上がりです」

「だからあんな物乞いみたいになってたのか」

「うるさいですよ」

苦々しげに言ったあと、ランカは下にいるユウキたちに視線を向けた。

「……さて、闇と光は他の属性より特殊です。そして闇魔術の特徴として挙げられるのが、物理的、あるいは精神的にダメージを与えることに特化している点ですね」

「逆に光属性は回復や補助に特化、か？」

ランカが「ですね」と言って頷く。

「例外がまったくないわけじゃないですけど、基本的にはそうです。魔法の上位版が魔術と呼ばれることはもちろん覚えてますよね？　闇魔法の威力は単体でも他属性の魔術に引けを取りませんし、むしろやりようによっては魔術以上の攻撃力となります……さて、今から私の奥義をお見せしましょう」

そう言ったあと、ランカは詠唱を始めた。

「さぁ、姿を現せ、具現化せよ。無限を産み破滅を呼ぶ破壊者。千の敵には万の魔で、万の敵には億の魔で穿て……『魔王絶権』」

……ん？　魔法や魔術の詠唱にしては、普通の言葉に聞こえるんだが……

疑問が晴れないうちに、ランカの背後に人の上半身みたいな形をした何かが形成された。

パッと見た感じは、オルドラのような筋肉質の大男に見える。

「なんだそのランプから出てきて願い事を叶えてくれそうな上半身のおっさんは？」

「言っときますけど、ただのおっさんじゃないですよ？　闇魔法限定ですが、このおっさんがいれば、私が今覚えている魔法を全て無詠唱、さらに威力を高めて放つことができるようになります」

ランカがそう言うのと同時に、おっさんがユウキたちに向けて手をかざす。

次の瞬間、おっさんの周りに黒い手のようなものが大量に出現した。そしてそれは、俺とランカが上ってきた階段の地面からも湧き出てくる。それらはユラユラと不安定な動きをしていた。

「どうです？　これは私が魔王だった頃に作り出した技ですが」

「凄いけどキモいな。というか、お前が魔王だったのっていつの話だ？」

まあ、少なくともグランデウスやペルディアよりは前だろうと思いつつ、聞いてみる。

「もう何千年も前になるので、正確には覚えていませんが……最初の魔王だったんですよ、私」

かなり衝撃的なことをサラリと暴露した。

何千年ということは、ランカの年齢は数千歳を超えてるってことになるぞ……⁉

詳しく聞こうとする前に、ランカはいきなり叫びだした。

「フハハハハハハハハハッ、全盛期に劣るとはいえ、我が森羅万象の力は未だ健在ッ！

さぁ、我ら魔の軍団に立ち向かう勇気ある勇者よ、その力を示せ！」

自らのマントを広げてなびかせ、格好を付けている。ああ、ごっこ遊びに戻ったのね。

何千年も生きてるだとか、最初の魔王だったとか、色々気になる言葉があったが……デリケートな話みたいだし、自分から言いださない限り聞かない方がいいのか？

そう考えていると、ランカが意味ありげな視線を向けてきた。もしかして、俺もそれらしいセリフを言えってか？

何言っていいか分からないんだが……とりあえず脅しておくか。

「そこから一歩でも動いてみろ。海に沈めるぞ」

「発言がチンピラかヤクザのそれなんだけど⁉」

どうやら間違えたらしく、下にいたユウキからツッコミを貰ってしまった。発想はいいと思うんだが、言い方がダメだったっぽい。

うーん、やっぱこういうのは性に合わねえな……ならいっそのこと、いつも俺が敵に取ってるような態度を見せてみるか？

俺は黒神竜の籠手を出現させ、ニヤリと笑いながら装備して数歩だけ前に出る。

「ここまで来たことは褒めてやる。だが……俺に挑むってのがどんなことか分かってて、そこに立ってるんだよな？」

我ながらなかなか雰囲気あるセリフを言えたか？　と思っていたら、籠手を付けている右手に違和感を持った。

この籠手、いつもは信じられないくらいに軽いのだが、今は妙に重く感じるような……？

視線を右手に向けると、驚くことに籠手が変形していて、右腕全体を包み込んでいた。

籠手は俺の肩を覆ってても伸び続け、顔の右半分が包まれたところでようやく止まった。

……なんだ、これ？

突然の変化に、不安を感じる。

しかし同時に、これは安全であるという直感も働いていた。まるで何者かに「悪いものではない」と無意識に思わされているかのようだ。

「なんですかそれ！　ズルいです、そんなカッコイイ装備を隠し持ってただなんて！」

ランカが叫びながら両腕を上下に振ると、背後のおっさんも一緒になってブンブン振り始めた。やめろ、いろんな意味で危ないから。

「なんかアヤト君の装備、前より凄くなってない⁉　ここで本気出すの⁉」

「あらぁ、なんだか本当に魔王っぽい風貌になっちゃいましたねぇ？」

ラピィとセレスがそんなことを言う。アークは「おいおい」と呆れた様子で苦笑いしていた。

なんでこんな凶悪な姿になったのかは気になるけれど、あとでヘレナに聞けばいいか。

セレスの言う通り、魔王みたいな姿になったのは丁度いいし、今はごっこ遊びに興じるとしよう。

俺は変化した右手の人差し指を立ててユウキたちへ向け、威圧(いあつ)する。

「ずいぶん尻込(しりご)みしてるみたいだが……どうした、その程度かよ？」

「っ！」

すると、下にいたほぼ全員の肩が跳(は)ねた。

「は、は……さすがアヤト、魔王役が板に付いてるな……！」

一方、地球でよく一緒にいたおかげで俺の圧に慣れてるのか、ユウキはまだ余裕を見せていた。

その時、僅かに開いた扉からカイトが覗き込んできたことに気付く。起きたのか。

観客が増えたことだし、もう少しやる気を出してやるか。

「さて、勇者共……五体満足で生きて帰れることだけ祈っておけ」

それっぽいセリフを吐き、俺はこのあとどうしようか考える。

えーっと、適当に魔法を使えばいいんだよな。パッと思いつかないし、ランカのを真似するか。

「『魔王絶権』」

とりあえず詠唱はせずに魔法の名前だけを口にしたが、一応しっかりと発動した。

俺の背後に影が形作られていく。ランカの時みたいにおっさんが出てくるのかと思ったが、別のものが出現した。

俺の背中に現れたのは鎧武者らしきフォルムをしたもので、影で象られた刀を構えている。

「アヤトからもなんか出た⁉」

下でこちらを見ていたメアが驚きの声を出した。

「……ランカのものとずいぶん違うな」

俺が背後の鎧武者を見ながらポツリと呟くと、ランカは悔しそうに説明しだした。

「私の秘儀を普通に真似してくれちゃいましたね、ちくしょう……この技は私しか使えなかったので検証したことはないのですが、人によって影の形や性質が変わるんだと思います」

性質が……ってことは、俺のは見た目からして武器が得意な奴なのか？

というかこれ、どうやって動かすんだ？

すると、ランカがニヤニヤ笑って話しかけてきた。

「フフフ、困ってますね困ってますね？　これは言わば、操作する腕が増えたようなもの。タコやイカ、もしくはそういった魔物ならともかく、私たちに腕が増えたら最初は戸惑う――」

「こうか？」

ランカが説明してる最中に、試運転をしてみる。

鎧武者の持っていた刀が、丁度ランカの方に勢いよく振られた。

「あぶっ⁉」

ランカは上半身を大きく反らして見事に回避する。

「おっ、意外といい反応」

「殺す気ですか⁉」

上体を反らしたまま、ツッコミを入れてきた。

体勢を戻せずに「おっ、おっ？」とアホみたいな声を上げるランカは放っておいて、俺は鎧武者の試運転を続けた。

鎧武者は背中から繋がっている感覚がある。意思によって動かせるので、ランカの言う通り、腕が一本増えたという表現がぴったりだ。操作は難しく、最初は誰でも戸惑うだろう。

しかし試行錯誤を繰り返すうちに、なんとかなりそうな気がしてきたな。

そしてついに、頭で想像した動きと実際の動作にタイムラグがなくなった。

「よし」

「何が『よし』だよ？」

俺の呟きに、ユウキが呆れた表情でツッコミを入れてくる。

「これでさらに魔王らしくなっただろ？」

「魔王どころか、よくありがちなラスボスの第三形態まで一気にぶっ飛ばしたような感じになってるよ！」

「ちなみに、俺はこれよりまだ上の段階を残している……」

ちょっと格好を付けた言い方をすると、ユウキが「もうやだこのチート塗れ……」と呟いた。どうしてもこいつは、俺の力をチート（ズル）と言いたいらしい。

「ユウキ、ノクト、チートならテメェらも持ってるんだろ？　だったらそれを駆使して全力でかかってこい。先手を打たせるくらいのハンデは与えてやるからよ」

俺は不敵な笑みを作り、「かかってこい」と挑発するジェスチャーを取る。

「言ったな……？　あとで（俺が）泣いても知らねえからな⁉」

ユウキは大声で叫び、自身の周りに数え切れないほどの武器を出現させた。途中、小さく「俺が」と呟いた気がしたんだが、スルーした方がいいのだろうか……

その時、ノクトがおずおずと声をかけてきた。

「に、兄さん……僕もやっていいのかな？」

「ん？　いいだろ、別に。さっきはランカと遊んでたんだろ？」

ノクトは困った顔をしながら、「そうだけど……」と言いにくそうに目を逸らす。

「さっきは私に対して遠慮なくぶっ放したのに、この人には遠慮するんですか？　ブラコンですか？」

ノクトの言動に不満を持ったらしいランカが、唇を尖らせて言った。

「だって……兄さんに剣を向けるなんて……」

「んじゃ、アークと同じように見学してるか？　どうせ遊びなんだし」

「うーん……」

仕方ないな……

ノクトが迷ってるようだったので、少し挑発してみることにした。

「ハッ、優しいなぁ、ノクトは……だがな、俺はこの場にいる全員を相手にしても傷付かない自信があるぞ？」

ニッと笑って、そう言ってみせる。

俺の言葉が効いたのか、全員の表情に変化が見られた。

ノクトは少しやる気の出た表情になり、ラピィとセレス、アークたちは一瞬ムッとする。

なお、ユウキは呆れた様子だった。

「そりゃあ、さ？　竜と互角に戦っちゃう人に勝てるとは思ってないけど……傷一つ付けられないっていうのは言いすぎじゃないかな！」

「ですねぇ……冒険者の端くれとして、今の挑発は受けて立つしかないですよぉ？」

「だよなぁ？　そんなこと言われたら、『遊び』っつってもやる気出しちまうだろうが！」

ラピィ、セレス、アークが順番に言い、それぞれやる気満々に武器を構える。戦闘態勢を取る三人は、ギルドで見た他の冒険者と比べて、少しは腕が立つようだ。

……あくまで「他の冒険者に比べて」なので、俺から見ればまだまだ隙だらけなんだがな。

「じゃあ、始めようか？　勇者たち……と、その前に」

俺はそう言って、鎧武者の持っている刀を入口に向けて勢いよく投げた。

「んおっ⁉」

刀が入口付近に突き刺さり、それと同時に間抜けな声が上がった。

その声に、階段下にいた全員が振り返る。

「あれ、カイト君？」

ラピィが代表して言った。

「あはは……師匠にはバレてましたか……」

気まずそうに頭を掻きながら部屋に入るカイト。

俺はカイトに尋ねてみる。

「カイトも混ざりたいのか？　このごっこ遊びに」

「……ごっこ遊びというには少し、本格的すぎませんかね？」

カイトは俺の姿を見ながら、苦笑いして答えた。

「さっきラピィも言ってたが……よくあるだろ？　子供の頃にやってたことを、大人になって本気でやってみると意外と面白かったりって。これはその延長みたいなもんだろ」

……って、カイトの年齢じゃあ、まだそういうのは分からんか？

とりあえず禍々しく笑って誤魔化しておき、変貌した右手を動かすと、ギチギチと金属が軋む不快な音が鳴った。

その音に怯えた様子のカイトが一歩後ずさる。

「こんな絶望的な遊びは初めてですよ……ああ、それと俺は諸事情でちょっと混ざれそうにありませんので、不参加ということで……」

「どうかしたのか？」

俺の問いかけに、カイトは腰に携えていた剣を抜く。その剣先は折れてなくなっていた。

「今朝、折れちゃいまして……」

「あー……なら別の武器を用意しなきゃな。近いうちに作ってやるから、それまでは代用品で我慢してくれ」

そう言いながら何もない空間に穴を開けて収納庫を出現させ、中から適当に見繕った剣を取り出してカイトに向かって投げる。

この剣は、屋敷の一室で大量に保管されていたのをまとめて収納庫に入れておいたものの一つだ。

おかげで屋敷には空き部屋が一つ増えたし、こうやって予備の剣も持ち歩けている。

「おっとっと……って、マジですか⁉　というかこれでも十分な気がするんですけど……」

「おー、ピカピカ！　これってお店とかで買うと結構な値段するんじゃない？」

カイトがなんとか受け取った剣を鞘から抜くと、ラピィが輝いた目で羨ましそうにブレードを見つめた。

俺はラピィの質問に答える。

「拾い物みたいなもんだから実質タダだ。それに実際の値段がどうであれ、俺から見たらなまくら感がな……俺が鍛えた武器の方が上だと自信を持って言えるぞ？」

「そういえばメアちゃんにあげた……『刀』っていうの？　凄い斬れ味みたいだったしねぇ……それはそうと、つかぬことをお聞きしたいのですが」

ラピィは急に敬語になり、言葉を続けた。

「他にもいらない武器とかあったりしますかねぇ……うん、たとえば私でも扱えるダガーナイフみたいな小さい武器とか」

あからさまにゴマをすっている。「カイトに便乗して、できれば貰えるものは貰いたい」という下心が丸見えだ。

惜しんでるわけでもないが、ハッキリと物を言わないラピィに、意地悪をしたくなった。

「小さい武器というと……鎌、ヌンチャク、鉄甲、釵、トンファー、スルヂン、ティンベー・ローチン、ハラディ、鋼鉄鉤、腕に付けるタイプのクロスボウに……ああ、あとこれもあるな。果物ナイフ」

「うわーん、アヤト君が苛めるよっ！」

あえてダガーナイフ以外を取り出してラピィにポイポイ放り投げると、セレスに泣き付いてしまった。

セレスは俺がからかっているのを分かっているからか、「あらあらぁ？」と頬に手を当てて微笑むことしかしない。

俺はわざとらしく溜息を吐いて言う。

「イジメなんて人聞きの悪い。たまには違う武器を使って、自分に合ったものを探すきっかけになればと思っただけだ」

「果物ナイフが？　果物を切るための道具が私にはダガーナイフより合ってると⁉」

ラピィはそうツッコんだあと、果物ナイフを勢いよく投げ返してきた。

それをキャッチして収納庫に入れ、今度こそちゃんとしたダガーナイフを渡す。カイトにあげた剣と同様、保管してあった余り物だ。貴族の家にあったやつだからか、飾りが少し騒がしい。

「いいの？　こんな高そうなやつ……」

さすがに悪いと思ったのか、心配した顔で上目遣いをしながらそう言うラピィ。

「そんななまくら、俺からしたら果物ナイフより価値がないからいらん」

「果物ナイフ以下⁉」

さて、おふざけはここまでにするか。

会話もそこそこに、ごっこ遊びを本格的に始めることにした。そもそも俺は朝食に呼びにきただけなんだが、まあ少しくらい遅れても構わないだろ。

一応言っておくと、別にお遊戯自体を楽しみにしているわけではない。この遊びを通して、現在における全員の強さを、ある程度測れると思ったからだ。

俺が少し派手に戦えば、みんなも本気になるだろうしな。

というわけで、手始めに学園長と手合わせした時に使った闇魔法の槍をいくつか放つ。

俺の思惑は当たったようで、魔法の槍を避けたあとに、ノクトとユウキが遠慮のない攻撃を仕掛けてきた。

それからは俺とランカ、ノクトとユウキの二対二で戦いを続ける。

ラピィたちはというと、俺たちの激しい戦闘に割って入れずに立ち尽くしていた。

それにしても……ノクトが強いのは分かっていたが、ユウキもなかなかの実力である。

だが、ユウキもチートの力がなければ、この戦いに付いてくることなどできはしなかっただろう。

「そこっ！」

ノクトが掛け声と共に大剣を軽々と振り回してきたので、背後の鎧武者を操って受け止める。あの武器はグランデウスと白を足止めする時に使っていたやつだな。

その時、ノクトは大剣に炎を纏わせ、斬撃を飛ばしてきた。

「『烈火破斬』！」

「ぴゃぁぁぁぁっ⁉」

ノクトの攻撃にビビったランカが、黒い壁みたいなものを出してガード。その後も壁を解除せず、完全に防御態勢に入っていた。あいつはもう戦力外だなぁ。

そう思ってると、ラピィとセレスの会話が聞こえてくる。

「むーりー！　あんなん、中に入ったら細切れステーキになっちゃうよ！」

「強い魔術ですとノクトさんを巻き込んでしまいそうですしぃ、弱い魔法を撃っても届く前に掻き消されちゃうんですよねぇ……どうしましょう？」

うーん、挑発に乗ってきたまではよかったが、結局威勢がいいのは最初だけだったな。まあ、こんな状況で参戦しても、自分たちじゃかえって邪魔になると判断できただけでもいい方か。ラピィたちの誇りのためにもそう考えておこう。

さて、ランカが防御態勢に入ってしまったので、俺はノクトとユウキの二人を同時に相手取ることになった。

とはいえまだまだ余裕なので、鎧武者で二人の攻撃を全て弾く。

「これほどの物量で攻め切れないって、どんな反応速度だよまったく！　そのうち時でも止める気か⁉」

そう言いながら、普通の人間なら防げない量の武器を飛ばしてくるユウキ。

全部の武器を受け切ったところで、ノクトがこれまで見せたことのない速さで接近してきた。

そのまま大剣を振るってきたが、速度が尋常じゃない。まあ俺なら避けられるが、こりゃノクトの方がユウキより厄介だな。

「凄いよ、兄さん！　これならもっと本気でやっても——」

ノクトが不穏な言葉を発した瞬間、扉の方で爆発みたいな音が起こった。

俺とノクトを含め、全員が揃って入口へ視線を向けると、そこには見たことのない魔族の女がいた。そいつの背後にある壁は穴が開いていて、土煙が上がっている。扉を無視して、魔城の壁をぶち抜いて入ってきたのか？

「ヒャッハハハハハハ！　オラオラ、ナルシャ様のお帰りだぞーっ！　……って、ああ？」

上機嫌で入って来たそいつは、俺たちを見て固まった。もちろん、俺たちも驚いて戦いの手を止めている。

自らをナルシャと名乗った女魔族は膝まで伸ばした金髪が特徴的で、それぞれの手に大剣と大槌を握っていた。ポカンと開いた口からは尖った歯が綺麗に並んでいるのが覗き見え、汗を掻いているのか、素肌から白い湯気が立ち昇っている。

胸は大きく膨らんでいるが、身長が高く全身は筋肉質。見ようによっては男っぽかったりも……

「人間がなんでここにいるんだ？　しかもずいぶん勝手なことしてるみてぇだけどよ……」

ナルシャという魔族の女が不敵な笑みを浮かべ、手をポキポキと鳴らしながら近付いてくる。

さて、どうしたもんか。

どうやらこの女は、グランデウスが死んだことを知らないようだが……

「グランデウスは死んだぞ？　俺が殺した」

「……へ？」

そう告げると、ナルシャは歩みを止めてキョトンと間の抜けた表情を浮かべる。

続いて眉をひそめ、頭の中を整理しようとしているのか「ん～？」と何度も首を捻る。

そして、ハッとした表情を見せた。

「グランデウス様が死んだのか⁉」

「だからそう言ってるだろうが！　なんなんだお前は⁉」

まさかあんなに時間をかけた結果、俺が言った言葉をそのまま復唱するとはな……

単に頭が弱い……のか？　グランデウスの死が悲しすぎて理解したくない、って様子でもなさそうだし。

「んだよー、魔王様死んじゃったのか。だったら、これからどうすりゃあいいんだよぉー……？」

むしろ飄々とした態度でいる。まるで店長が夜逃げして残されたアルバイトの学生みたいだ。

すると突然、ナルシャは剥き出しの殺意を俺たちに向けてきた。

「あー……とりあえずお前ら殺しとくか？」

あまりの気迫に、カイトやメアは小さく悲鳴を上げて腰を抜かしてしまう。

こんなにも簡単に殺気を出してくるとは……人を殺すことに慣れてるのか。

ナルシャはそれ以上会話をしようともせず、近くにいたカイトに襲いかかった。

――ガキンッ！

振り下ろされる大剣と大槌。ほとんどの者が動けず、あれほどのスピードで動いていたノクトでさえも間に合わない中で、俺だけが素早くナルシャとカイトとの間に移動し、変化した籠手で攻撃を防いだ。

ナルシャの攻撃は予想以上に重く、防いだ俺の身体が軽く床ごと沈んでしまう。

「おっ……おぉっ!?　耐えやがった！　俺の攻撃を耐えやがったぞ、こいつ！」

ナルシャは嬉しそうな声を上げ、さらに力を入れてきた。

このパワー……見た目以上だな。いくら筋肉質とはいえ、これほどの力があるとは思わなかった。

……こんな時にどうでもいいんだが、この籠手、もう既に右上半身が覆われてるし、籠手じゃなく鎧って感じがしてきたなぁ。

「んじゃ、もういっちょ！」

ナルシャは大剣を一度持ち上げ、今度は俺の脇腹を狙って薙ぎ払ってきた。

その対応は背後に出したままにしてあった鎧武者に任せる。

大剣を防御すると、ナルシャは目を輝かせて歓喜の言葉を口にした。

「んおっ、なんだそれ⁉　ハハッ、面白ぇ面白ぇ！　俺の力を真正面から受けてくれる奴なんて、お前が初めてだ！」

「そりゃどうも。だけど俺としてはお前と戦う目的もメリットもないから、あんまやる気が出ないんだけどな」

俺の返答に「しかもまだ余裕があるのかよ！」とさらに興奮するナルシャ。

「だったらよぉ、お前が勝ったら俺を好きにしていいってことにするぜ！　これならメリットがめっちゃあるだろ？」

なんだそりゃ。自分の身体を差し出すと言えば、男が喜ぶと思ってんのか？

俺の返事を待たず、ナルシャは一歩後退し、凄まじい勢いで大剣と大槌を振り回し始める。

するると、周囲に物凄い風が巻き起こった。常人なら近付けないほどだ。

「どうだ？　やる気は出たか？」

「いや、あんまり。まぁ、倒せって言うなら倒すけど」

仕方ない、大人しくなってもらうか。

死なない程度にぶっ飛ばそうと思い、左拳に力を入れる。

しかしそれを放つ前に、壊れた壁の向こうから再び誰かが現れた。

「何事よ、一体⁉」

聞き慣れた少女の声。

見ると、そこにはツンデレ魔族少女、フィーナが立っていて、続いてペルディアもやってきた。二人共さっきまで熟睡していたはずだが、騒ぎを聞きつけて起き出したようだ。

ナルシャが二人の姿を見て殺気を収め、ナルシャを見た二人は目を見開いて驚いていた。

「ナルシャ、お前……」

「なんだ、ペルディアに……フィーナもいるじゃねえか。生きてたのか？」

びっくりした様子で口を開いたペルディアに、馴れ馴れしく声をかけるナルシャ。この二人は友人関係だったのか？

だが、ペルディアの傍にいるフィーナの表情は暗い。ナルシャを快く思っていないように見えた。

「軽々しく私たちの名前を呼ばないでよ、この裏切り者！」

「なんだよ、裏切り者って？　むしろ裏切ったのはフィーナの方だろ」

フィーナの言葉に、ナルシャはニヤニヤして言い返す。裏切るとか裏切られたとか、事情はよく分からねえけど、話に入っていいものか……

とりあえず、フィーナに聞いてみるか。

「この脳筋みたいな奴、お前らの知り合いか？」

「知らないわよ、こんな三歩歩いたら大抵のことを忘れちゃう鳥頭のことなんて！」

うーん、ナルシャのことを知ってるような口ぶりに聞こえるぞ。

ペルディアは俺とナルシャを交互に見て、複数の魔術を発動して宙に待機させる。昔のことはどうあれ、今のナルシャは敵だと判断したらしい。

ペルディアが静かに口を開く。

「グランデウスはもういない。私たちが争う理由など、少なくとも今はないだろ？」

「いいや、あるね。そこの男が俺の攻撃を簡単に受け止められる強ぇ奴だってだけで、殺し合う理由は十分だぜ！」

ここにもいたかバトルジャンキー。どこぞの戦闘民族みたいなこと言いやがって……

内心でやれやれと思いつつ、俺はナルシャに話しかけた。

「とりあえず飯もあるし、邪魔するようならさっさと倒して終わらせるぞ？」

「あぁん？　さっさと倒すって……俺をか？　いくらなんでも、それは自信ありすぎなんじゃねえの⁉」

ナルシャは武器を手放し、素手（すで）で殴（なぐ）りかかってきた。それを避けるとナルシャの拳は空（くう）を切り、ブォンと音を立てる。いかにも重そうな一撃だ。

「ぶっと――ぶべっ⁉」

おそらく「ぶっ飛べ」と言おうとしたんだろう。

再び拳を振りかぶったナルシャの頬に勢いよくビンタすると、彼女は身体を回転させて吹き飛んだ。

第6話　後ろの扉

魔王の間の壁に衝突（しょうとつ）したナルシャが、力なく崩れ落ちる。うん、気絶してるだけだな。

「平手打ちがなんちゅー威力……しかも相変（あいか）わらず女にも容赦ねえな」

その場にいたほとんどの者が言葉を失っている中、ユウキだけが苦笑いして軽口を叩いた。

「自分が殺されかけてるのに手を出さないほど、俺はお人好しじゃねえからな。紳士的な態度はお前に任せるよ」

「皮肉屋だなぁ……」

溜息混じりに漏らしたユウキの言葉を聞き流し、俺は背後の鎧武者を消して籠手を外し、フィーナの方へ歩み寄る。

「な、何よ……？」

「何って……飯。言うの忘れてたけど、元々は朝食ができたから呼びに来たんだよ。ほら、行くぞ」

そう答えると、フィーナは、「あっそ」とぶっきらぼうに言った。

ということで俺たちは気絶しているナルシャを放っておくことにし、食堂に移動したのだった。

「っかー！　美味いな、これ！」

魔王の間をあとにしてからおよそ三十分後、食堂にて。

気絶させて置いていったはずのナルシャは、現在こうして元気に朝食を食べている。おかしいな、死なない程度に強めに当てたつもりだったんだが……予想以上にタフらしい。

驚くことに、ナルシャはあのあとすぐに目を覚まして、食堂に向かう俺たちを追いかけてきた。

最初はまた戦いに来たのかと思ったが、その時のナルシャには殺意どころか敵意もなかったのである。あまりにフレンドリーな態度だったため、俺たちもすっかり毒気を抜かれてしまった。

態度が豹変した理由を聞くと、ナルシャは「負けたからだよ！　約束通り、俺を好きにしていいぞ！」と、あっけらかんと答えた。

とはいえ何かしてもらいたいこともないので、とりあえず大人しくするように約束させておく。

最初は不満を口にしていたナルシャだったが、食堂に着いた途端にパッと表情を輝かせた。で、今はこうして俺の左隣で朝飯をかっ食らっているというわけ。

「この薄いの、なんて言うんだ？」

「ピザと言いますが……お口に合ったようで何よりでございます」

お礼を言いつつも、表情に変化が見られないエリーゼ。

「ピザって言うのか？　人間のくせにいいもの作るじゃねえか！　おかわり！」

ナルシャは、テーブル一面に並べられていたピザの一つをすぐに食べ切ってしまい、空になった皿をエリーゼに向かって差し出した。肉がたくさん乗っていたピザを気に入っているみたいだが……

「他もあるだろ？　そっちも食ってみろよ」

「えー？　だって他のって変なのがいっぱいあるじゃん！　……これなんてただの葉っぱじゃねえか？」

ナルシャが葉やキノコ、トマトが乗ったベジタブルピザを指差す。葉っぱじゃない、ハーブと言え。

さっきから思ってたが、こいつ、言うことやることが子供染みてるんだよな……

視線をペルディアに向けると、肩を竦めて苦笑いされた。

前からこんな感じの奴だったってことね。

「いいから食え。不味くはないはずだから……ほれ」

そう言いながら、俺はベジタブルピザの一切れを取ってナルシャの口に若干強引にねじ込んでやった。

「むぐっ⁉　……むぅ」

最初は眉をひそめていたナルシャだったが、大人しく咀嚼していると徐々に驚いた表情へ変わっていく。

「……美味い」

「だろ？」

ポツリと零したナルシャの言葉に、俺はドヤ顔で返した。

「なんでお前が得意げなんだよ……って、本当に美味いな、これ⁉」

ユウキが俺にツッコミを入れながらベジタブルピザを口にすると、感嘆の声を上げる。

ユウキだけでなく、ピザを食べたことがある奴もない奴も、同じように驚いたリアクションをしていた。

俺もピザには手を付けていなかったので、一口食べてみる。

「おぉ、凄く美味いな。食感がモチっとしてる……」

別の種類を口にしてみると、今度はパリパリとした食感で、こちらも非常に美味しい。

「しかもピザによって焼き加減を変えてるのか？　凄いな」

感心していると、エリーゼが声をかけてきた。

「リクエストがあれば、追加の分もお作りしますが？」

「それならさっきナルシャが食ったのを頼む。今度は数を多めに」

エリーゼは「かしこまりました」と頭を下げ、厨房に向かう。

「いいの？　これって結構手間がかかるんじゃ……」

ラピィがピザを頬張りながら心配するように言った。

「エリーゼなら大丈夫。なんというか、実力が一定以上ある人間の料理の仕方って特殊だから、手間とかはあまり関係ないんだ。だから気にしなくていいと思うぞ」

今頃厨房では、エリーゼ一人の手によって数々の食材が宙を飛び交っていることだろう。

かつて俺の母親が料理をする時にそうだったように……

ラピィたちは理解した様子もないまま、「そうなのか」みたいな反応をしていた。

その時、ふと俺の右隣の席に座っているメアが、妙な視線をこちらに向けているのに気付く。

「なんだ、メア？　なんか食べられないものでもあったのか？」

「……うんにゃ？　別に……」

不機嫌そうにそっぽを向くメア。一体何が……？

「俺もそれ食べたい」

——と思ったらメアがポツリと呟いた。その視線は俺の手元にあるピザに注がれている。

横にいるんだから、それくらい自分で取ればいいだろうに……

「ほれ」

そう思いつつもピザを載せた皿をズラし、メアの前に持っていく。しかしメアはそのピザを見たまま取ろうとしない。

「……どした？」

「むぅ～……！」

メアの頬がリスの如く膨らむ。なぜかさらに不機嫌にさせてしまった。

何が不満なのかが分からないから困るな……

一体どうしたものかと視線を逸らすと、ミーナと目が合った。

顔が赤く、目は据わっている。その理由は、昨晩ミーナが飲んでいたマタタビ酒で酔っているせいだと思うが……まだ酔いが醒めてないのかよ。

マタタビ酒は猫人族の中では至高の逸品とされているらしく、この城では樽に入って貯蔵されていた。そしてミーナは貯蔵庫でマタタビ酒を見つけ、独り占めしようと無言で樽を抱えて持っていってしまった……というのはあとで聞いた話。

次にミーナを見つけた時には、既にほとんど酔い潰れていた。

今はあいつに助けを求めても当てにならないか……と思っていたら、ミーナは不思議な行動に出た。

ミーナは手元にあったピザを、隣に座っているランカへ差し出す。

「えっと……なんですか、ミーナさん?」

「あーん」

「ああ、まだ酔ってるんですね……」

ランカは呆れ気味にそう呟き、ミーナが差し出したピザを素直に咥えて食べた。

あいつは何をやってるんだと思っていると、再びミーナと目が合う。酔っていてもしっかりと意識はあるようで、俺に何かを伝えようとしていた。

……え、まさか？

視線をメアに戻すと、羨ましそうな表情でミーナたちを見ていた。

つまり……俺にソレをしろと？

思い返せば、今さっき俺がナルシャにやったのも似たようなものだと気付く。それを見て自分もやってほしくなったが、恥ずかしくて言い出せない、とか……一応は辻褄が合うが、なんでそれが俺なんだよ……

まぁ、メアのもう一方の隣側にいるヘレナは自分が食べるのに忙しいようだし、一番親しいミーナは向かい側だから、消去法で俺になったってことなんだろ。

不機嫌なままでいられても接し方に困るから、仕方なしに食べさせてやることにした。

「ほら、口開けろメア」

「え……」

ピザの一切れをメアの顔に近付ける。

メアは目を丸くし、次第に顔が赤くなった。

そして視線をソワソワとあっちこっちに移し、覚悟を決めたのか目を瞑って口を開く。

「あーん……」

わざわざ声に出し、まるでキスをしようとする生娘のような顔でピザを頬張るメア。

すると途端に幸せそうな顔になり、足をばたつかせだした。ああ、さぞかし美味いだろうよ、人に取らせて食ったものは。

溜息が漏れそうになるのを我慢していると、周囲から「うわぁ～……」という声が聞こえてくる。

顔を上げると、フィーナがかなり引いたような顔をしていた。また、ユウキとラピィは「こいつやりやがったな」と言いたげにニヤニヤと笑っている。

「次にゆうまおごっことやらをやる時は、真っ先にテメェらを狙ってやるからな」

「にゃ～にを言ってるのかにゃ～、アヤト君は～？」

「さ～ね～？　ただの照れ隠しじゃないかぁ～？」

ラピィとユウキはわざと人を苛立たせる言葉遣いで答えた。腹立つ。

一方のメアは周りのことなど一切気にせず、ピザを幸せそうに食べていたのだった。

食事が終わり、現在はそれぞれ自由行動中。

魔王は倒したからすぐにでも人間大陸に帰るべきなんだろうが、帰ってやることがあるわけでもないし……そういえば学園は夏休みの真っ最中だが、宿題を出された記憶がないな。

地球の学生はさぞかし羨ましがることだろう。

そんなことを考えながら、さっきの魔王の間へ戻ってきた俺。

先ほど見つけた椅子の後ろにあった扉……それが気になって仕方がなかった。

跳躍して長い階段をすっ飛ばして上り、扉の前に立つ。

その扉を押してみると……

「……あ？」

ビクともしなかった。

引くタイプか？

しかし引いても動かない。左右に動かそうとしても同じ。

……壊すか。

早々に諦めて拳を握る。さっきはランカたちに人の家だのなんだの言ったのに、俺が一番勝手なことをしようとしてるな……まあいいや。

握り締めた拳を扉へ打ち込む。

ズドンと大砲でも撃ったような音が辺りに響き渡るが、扉はビクともしなかった。

その頑丈(がんじょう)さに驚いたが、同時に何か違和感を抱く。

叩き壊せないほど強固(きょうこ)というよりは、衝撃が吸収されてどこかへ逃がされているような感覚だったのだ。

こうなったら壊れるまで殴り続けるか……なんていう脳筋丸出しの考えはしない。

この不思議な扉を何とかできそうな人物に心当たりがあるので、まずはそっちを当たってみようかと思う。

　すると、ちょうどいいタイミング。

「どうやら苦戦しているようですね、盟友よ」

　入口の方から魔王の間に響き渡ったのは、ランカの声だった。俺のやろうとしていることが分かっているような口ぶりである。

　それにしても、どことなく格好付けた言い方だな、と思ってランカを見ると、腕を組んだ状態で開けた扉に寄りかかっていた。やっぱり格好付けてたよ。

「ちょうどお前を探そうと思ってたところだ。パパッと壊してしまおうかとも思ったが、どうせなら最初の魔王だったたって言い張るお前に開けてもらいたい。ここが自分の家だったんなら、これも簡単に開けられるだろ？」

「当たり前です。というか、疑ってるみたいですけど最初の魔王だったのは事実ですから！　その証明を今して見せますよ……」

　ムスッとした表情でこっちに向かってくるランカ。しかし、意気込んだにもかかわらず階段の手前で立ち止まった。

「どうした？」

「……この長い階段を上るのは面倒なので、そこまで運んでもらえませんか？」

「どんだけ面倒臭がりな上に図々しいんだよ⁉」

そう言いながらも一気に飛び下り、さっさとお姫様抱っこする。

なんだかんだ言いつつも、こういうことをするあたり、まだまだ甘いのかもしれないな……

上に戻ろうとしたところで、ランカの様子がおかしいことに気付いた。

「えっ？　あ、あぅ……その、アヤト……？」

言葉を詰まらせ俯いてる。顔を覗き込むと、全体的に赤くなっていた。

「どうした、そんな純情娘みたいに顔を真っ赤にして……風邪か？」

「前半は当たってたのに、なんで後半は鈍感になるのですか？　わざとですか!?　そんなの……恥ずかしいからに決まってるじゃないですか！」

叫ぶようにそう言って顔を覆うランカ。これが数千歳の乙女である。

「羞恥心なんてとっくに腐り果ててるかと思ってた」

「腐ってるだけで、なくなってはいませんからね」

まだ頬に赤みが残っていたものの、調子を取り戻したのか、ランカはサラリと返した。

俺は階段をまたひとっ飛びし、お姫様抱っこをしていたランカをゆっくりと下ろす。

「ああもう、サラッとこういうことしちゃう人なんですね、あなたは……」

ランカは「暑い暑い」と呟きながら顔を手で扇いだ。そんなにお姫様抱っこが恥ずかしかったのか？

「まぁ、あの運び方が一番楽だしな。それとも米俵みたいに担いだり、猫みたいに首んとこを摘んだりした方がよかったか？」

「おんぶって選択肢はないのですか⁉　……まぁ、お姫様抱っこは結構昔から憧れていたので、よしとしますけど」

　顔を赤くしたまま、呆れたように溜息を吐くランカ。

　さて、話を進めよう。

「で、これの開け方は？」

「ずいぶん積極的ですね？　そんなに中が気になりますか？」

　今や気になるのはどっちかというと、この扉の仕組みの方なんだけどな。

　俺の返事を待たずにランカはスタスタと扉へ近付き、目の前で立ち止まって両手を前に突き出した。

　すると、ランカの雰囲気がさっきまでとは一変し、落ち着いた声で呪文のようなものを唱える。

「……我が真名はカタルラント。王の座を捨ててもなお、魔を統一する城の主であるこの名において命ずる。魔王の選別を行う故に此処を開けよ」

　ピリピリとした雰囲気で発せられたその言葉に呼応するかの如く、地響きのような音が鳴った。

同時に、扉に妖しい緑色の模様が描き出される。そして、砂煙を起こしながらゆっくりと開いた。

「おぉー……なんかそれっぽいな」

「ですよね？　カッコイイですよね！　本来、私以外の人がこの扉を開けるには、儀式などいくつもの手順を踏まなければならないのです。しかし、やはり城の主である私が開けるなら特別でなければと思いまして、特定の魔力とセリフですぐに開くようにしてあったんです！」

ドヤ顔で胸を張るランカ。たしかにこの扉を開けられたことで、こいつが最初の魔王だってことの信憑性は高まったが……それはそれとして、よくそこまでこだわったなと感心する。

丁度いいタイミングだと思い、前から気になっていたことを聞いてみた。

「お前のその性格って最初からそんな感じなのか？」

ランカは「素」と「中二病」の性格を意識的に使い分けている節がある。さすがに最初からそんな性格ではなく、何かの影響を受けたのだろうと思うのだが……

「……ま、昔、私に戦いを挑んできた勇者の中に、こういう喋り方をする人がいたってだけの話です。さすがにずっとあの喋り方をするのは疲れるので、たまにテンションが上がった時だけにしてますがね」

気に入ってはいるけど、それとは話が別ってことか。まぁ、ずっとあの調子で話されても困るだけだから、そうしてもらえる方がいいんだがな。

「そうか……んで、なんだこの殺風景な部屋は？」

ランカが開いた扉の先に足を踏み入れると、ほとんど何もない空間が広がっていた。

あるのは部屋の中央に鎮座している腰くらいの高さの台座と、その上に置かれたトロフィーのような形をしたものだけだった。

しかも壁、床、天井の全てが真っ白。ついつい、シトと会うあの夢の中の風景を連想してしまう。

「なんでこういうデザインなんだ？　魔城のどこもかしこも薄暗い雰囲気なのに」

試しに壁に手を置いてみると、サラサラとした手触りである。プラスチックにも似てるが、触った感じだと強度は鉄の比ではないくらいに堅い。

「ああ、それは『ミラク』っていう、かなりレアな素材を使ってますから。大変でしたよ、この素材を集めるの……」

ランカも俺と同じように壁に手を置いて、懐かしむみたいに目を細めた。

「もしかして俺が殴った扉と同じ素材か、これ？」

「殴ったんですか⁉　どうりで大きな音がしたと思ったら……ったく、そうですよ。『ミラク』は衝撃を吸収する素材で、打撃はもちろん、斬撃、魔法や魔術だってほぼ無効化してしまいます。さらにそこへロックする魔術をかけておけば、神話級の竜や悪魔だって力業で開けるのは難しいはずですよ」

へぇ、そんなにか。たしかにこれなら、勝手な侵入はまずできないだろう。

「それほどまでにここを守りたいのか？」

「当然ですよ、なんせ……いえ、その話はあとにしましょう。それよりもこれをあなたに見せたかったんです」

そう言うと、ランカは中央にある台座に向かって歩いていった。何を言いかけたのか気になったが、とりあえず俺もそのあとを追う。

台座の上にあったトロフィーのようなソレは、近くで見ると片手で持てる程度の大きさだと分かった。

ランカは手にしていたぬいぐるみを台座に置き、代わりにトロフィーを持つ。

「これは『選血の盃』っていう……アーティファクトってやつです」

「アーティファクト？」

俺が聞き返すと、ランカは「はい」と頷いた。魔道具と何か違うのか？

俺の疑問が読めていたのか、ランカはアーティファクトについて説明してくれた。

「言ってしまえば、魔石を使うのが魔道具、使わないのがアーティファクトという区分けです。しかし世間一般では魔石を使わないものなど普及していないので、ほとんどないようなものですけれどね。ちょっとこれ持ってください」

ランカはそう言って、持っていた選血の盃を俺に差し出してきた。

素直に受け取ると、ランカは台座に置いていたぬいぐるみを抱き直す。そのぬいぐるみも気になってたんだが、聞いていいものだろうか……？

視線を盃に移すと、何も入っていなかった。

「とりあえず、それに魔力を流し込んでもらっていいですか？」

「お、おう……？」

淡々と指示されたので、俺は言われるがまま魔力を盃に流し込む。

すると、何もなかった盃の中に、赤黒い液体がなみなみと満ちた。

「うおっ、なんだこれ!?」

あまりの気持ち悪さに、手放して落としそうになる。

「ちょっと、落として壊さないでくださいよ？　……それは一応、あなた自身の魔力なんですから」

マジか、俺の魔力ってこんな赤黒いの？

「言っときますけど、その液体の色と本人の魔力の色は関係してませんからね？」

またもやまるで心の中を覗いたみたいに、ランカがそう説明した。

「ああ、そうかよ……」

何、俺ってそんなに分かりやすい顔してる？　それともこの世界の女はみんな勘がいいの？

「じゃあ、これが俺の魔力ってどういうことだ？」

「闇属性に適性のある人がその盃に魔力を注ぐと、それがそのような液体となって出てくるんです。で、適性がなければ魔力が残さず吸い尽くされて死に至ります」

はい？　死に至る？

あとから明かされた衝撃の事実に、俺はランカの顔を見たまま固まってしまった。

「おい、なんでそれを先に言わない⁉」

「だって、あなたに闇の適性があることは分かってましたし」

あっけらかんと言うランカに、思わず手に持っていた盃を壊したいという衝動に駆られたのは言うまでもない。

気を落ち着かせ、俺はさらに尋ねる。

「それで……これは何をするもんなんだよ？」

「簡単に言えば、今盃の中に出てきた液体を飲むんです」

マジかよ、こんなドロッしたのが飲み物なのか……でも若干コーラっぽいし、案外美味いのかも？

「それでその液体なんですがね……って⁉」

ランカの説明を最後まで聞かず、俺は盃に顔を近付けた。

それが間違いだったと気付いた時には既に遅く——

「——んぐっ⁉」

いきなり液体が動きだし、俺の口の中へ入り込んできた。

咄嗟に口を閉じても、隙間からニュルニュルと入り、どんどん喉を通っていってしまう。

そして盃の液体が全て俺の体内に入り終わった瞬間、心臓の音のようなものが周囲に大きく鳴り響いた。

同時に俺を中心に衝撃波が発せられ、地面や壁が波のように揺れる。

しばらくするとそれも収まり、一気に疲労が押し寄せてきた俺は床に手と膝を突いた。

「ゲホッ、ゲホッ……！」

「ああもう、人の説明を聞かないから……」

ランカが咳き込む俺に近付いてきて、背中を優しく擦ってくれる。

「なんだ、今のは……？」

「安心してください、あなたに害はないものです。むしろ受け入れられたというか……」

苦しさはないが、胸が熱い。

また、胃の中に液体が溜まっているって感覚がない。まるで消え失せてしまったようである。

というか、「受け入れられた」ってなんだ？　「何に」だ？

俺はランカを睨む。

「そんな怖い顔をしないでください、見られただけで死んでしまいます。それに人の説明も聞かず迂闊に顔を近付けたのはあなたじゃないですか」

ぐぅの音も出なかった。なんでさっきはあんなことをしたのかと自分に問い質したい。

少ししたら落ち着いたので、その場で胡座になり、ランカに聞いてみる。

「……俺に害はないって言ったよな？　じゃあ、あの液体は結局なんなんだ？」

「それは――」

「おい、今のはなんだ⁉」

何かを言いかけたランカの言葉を遮り、部屋の外からペルディアの声が響いてきた。どうやらさっきの衝撃波は外まで届いていたようだ。

ランカとの会話は一旦打ち切り、部屋を出る。

声がした階段の下を見ると、城にいるほぼ全員が集合していた。中には、元から城にいたあまり馴染みのない顔もポツポツといる。ノワールや白、竜の三人も遅れてやってきた。

ペルディアは俺の顔を見て、目を見開いた。

「っ……まさかアヤト、お前が……？」

「嘘でしょ……⁉」

ペルディアだけでなく、一緒にいたフィーナも驚いた表情で呟く。

見ると、他の魔族も二人と同様に驚愕していた。人間や亜人は何が起こったのか分からないっぽいが、魔族たちは何やら事情を知っていそうだ。

「これはどういうことだ！　なんで人間がそこにいる⁉」

目以外を黒装束で覆っている魔族が女の声でそう叫ぶ。あいつはたしか……魔城に向かう途中で俺に見つかった忍者もどき集団の一人か？　生きてたんだな。

「人間と幼女……？　どっちかが『成った』のか？」

別の見知らぬ魔族が戸惑ったように呟き、俺とランカの顔を交互に見る。

……いや、あいつ、どこかで見たことあるな？　誰だっけな……あっ、竜と戦い始める直前にいた放心状態だった魔族！　……生きてたんだな、こいつも。

「アヤト、この状況の説明を求めていいか？　なぜお前がそこにいるのかを……！」

ペルディアが神妙な顔付きで俺たちを見て、そう言った。

「俺からも頼む。さっきの感じは一体……？」

ガーランドも困惑した表情で問いかけてくる。

メアたちも、心配そうにしていた。

これは……何かやらかしたか、俺？

俺自身も何が起きているのか説明できずに言葉を詰まらせていると、剣呑な雰囲気にそぐわない一人の少年がにこやかに入ってきた。

「パンパカパーン！　祝！　魔王百人目の誕生おめでとうございまーす！」

白髪に白いブカブカの服、緑色の瞳をした少年、シトだった。

第7話　魔王化と書いておめでたと読む

「「シト!?」」

「あっ、あの時の子供」

「なんだ、シトじゃないですか」

シトの唐突な登場に俺とペルディアが声を揃えて驚きの声を上げ、メアは思い出したように呟く。横にいたランカは、シトのことを知ってる風な口ぶりだった。

「やっほー、ランカちゃん、久しぶり！　何千年ぶり？　相変わらずちっちゃいね！」

「その言葉、そのままお返ししてやりますよ。もう二千年かそこらになるんじゃないですか？　私が路頭に迷ってる間、一回も顔を見せなかった薄情者ですものね、あなた」

シトは相変わらず楽しそうで、ランカは拗ねたように頬を片方だけ膨らませていた。

「そう怒らないでよ～……別に魔城から追い出されて小汚くなった君に会いたくなかった

わけじゃなくて、どこに行ったか探すのも面倒だったから、代わりにペルディアちゃんに会いに行ってたってだけの話なんだから♪」

「尚更薄情じゃないですか⁉　いえ、薄情者というか浮気者ですよ、こいつ！」

シトに対する文句を、なぜか俺の服の裾を引っ張って言ってくるランカ。俺に言われても知らねえよ……

ともかく、シトがなぜここにいるのか聞いてみるか。

「それよりお前、なんでこんなところにいるんだよ？　こっちは今色々取り込んでて忙しいから、また今度にしてくれ。できれば十年後ぐらいに」

「あっはっはー！　ごめんね、僕って結構堪え性がないんだ♪　それに僕が君たちの前に姿を現したのはちゃんとした理由があるんだよ？」

シトは笑みを絶やさずに俺を見据える。

「アヤト君、他でもない君が魔王の座を受け継いだから、そのお祝いに来たんだよ！　つまりおめでただね？」

シトが言った瞬間、その場の空気が凍り付いた気がした。

魔、王……？　俺が？

ペルディアに視線を向けると、溜息を吐いて呆れたように肩を竦めていた。

「やれやれ……おめでたではないが、そういうことだ。シトの言葉が本当なら……アヤト、お前はそこの部屋に入り『選血の盃』の液体を飲んだのだろう？」

俺はペルディアの言葉に頷き、ランカを脇に抱えながら階段を下りる。

「ああ、飲んだが……まさかただアレだけで魔王になったっていうのか⁉　人間の俺が……」

「種族など問題ではないさ。その盃に認められれば魔王になれる……もちろん魔族以外の存在が魔王になったなど、前例のない話だが……」

そういえばアイラートが「闇の適性を持ってれば……」みたいなことを言ってたな。

「アッハッハッハッ！　魔王⁉　アヤトが魔王⁉　ピッタリじゃんか！」

そこそこシリアスな雰囲気だというのに、ユウキが俺を指差して大笑いする。メアたちも笑いを堪えている様子だった。クソ、他人事だと思って笑いやがって……！

「なら今回が前例第一号だね。さらにめでたくなったんじゃない？」

サラッと余計なことを言うシトを、ペルディアがキッと睨み付ける。

「簡単に言ってくれるな！　人間が魔王になるなど、その盃が認めても魔族の誰もが反対するに決まってる……」

「それはなってみないと分からないものさ。それでも不満というなら、力ずくで試してみればいいと思うよ？　彼ならそう簡単に殺されないだろうし」

待てぃ。なんでそんな殺伐とした内容を楽しそうに話してんだ、こいつは？

「つーか、俺が誰に殺されるって？」

そう聞くと、シトではなくペルディアが答える。

「お前に不満を持つ者……要するに、下克上されるってことだ。人間のお前ならほぼ確実だろう」

「何やってんのよ、あんたは……」

フィーナが大きく溜息を零した。俺だって好きで魔王になったわけじゃないんだが。

俺は小脇に抱えていたランカに顔を近付けてボソッと尋ねる。

「正直、そんなデメリット塗れの地位なんか欲しくないんだけど。返品はできないのか？」

「魔王を不良品扱いしないでくださいよ。っていうか、ありませんよ、返品なんて。そもそも魔王になった人は普通、辞めたいだなんて言いませんし」

不服そうに小声で答えるランカ。むしろ不服なのは俺の方なんだけどな……

「人間が魔王になる前例もなければ、魔王を辞める前例もないってか？　ったく、どうすんだよ……」

俺が頭を抱えて悩んでいると、アイラートが俺の前に進み出てくる。

「いいじゃないですか、魔王アヤト様。先ほども言いましたが、他の魔族の考えがどうであれ、私はあなたが魔王になることに賛成という意見は変わりませんよ」

「なら俺の意見も変わらない。観光以外の目的でこの大陸に留まることはせず、人間の大陸でゆったりする」

「ならそれでいいのでは？」

するとノワールが会話に加わり、そんなことを言ってきた。

あれ、お前も俺が魔王になることに賛成？

ノワールはさらに言葉を続ける。

「私や白もですが、アヤト様は空間魔術でいつでもここに戻ってこれます」

「ああ、そういやそうか」

「それは僥倖。では連絡手段をこちらで用意すれば完璧というわけですね」

アイラートが両手を合わせて嬉しそうに言った。俺の気持ちとは反対に話がどんどん進んでいくんだけど……

その時、シトがイタズラっぽい笑みを浮かべながら肩を寄せてきた。

「魔王、なっちゃったね？」

その言葉を聞き、俺がシトと最初に出会った頃のことを思い出す。

あの時は下手なことをして魔王になったらどうしようと思ってたっけな……

「魔王ルート……結局入っちまったなぁ……」

「そんなブルーにならなくてもいいじゃない？　いっそもう天下統一とかして、後々君に戦いを挑みにきた子に『世界の半分をくれてやろう』とか言ってみてよ」

シトがそう言うと、近くにいたユウキがブッと噴き出した。

笑い続けるユウキを無視し、シトへ軽いデコピンを放つ。

「あんっ♪」

「バカ言ってんじゃねえよ。言い方が違うだけで世界征服させようとしてんじゃねえか、ふざけんな。あと気色悪い声も出すなよ」

シトはデコピンを嬉しそうに受けてのけぞり、「おっとっと」と言いながら体勢を立て直した。

「というか、その子は誰だ？　昨日の夕食時にはいなかったような……」

ひとしきり笑い終えたユウキが、シトを見て首を傾げる。シトが気になったのか、いつの間にかエリーゼも近寄ってきていた。

「こんにちはユウキ君、凛ちゃん。あっ、凛ちゃんの方はエリーゼって呼んだ方がいいかな？　アヤト君からも聞いてると思うけど、僕がこの世界の神様さ♪」

「ああ、あんたがショタ神様か」

「……本当に私の孫と同じくらいの外見なのですね」

二人共、興味深そうにシトを観察する。ガーランドやラピィたちも会話に参加しないもののの、同じように見ていた。

シトは続いてノワールと白の方を見て、困ったような笑みを浮かべた。

「君たちも久しぶりだね。特に白ちゃんは」

「……ふん」

シトの言葉に機嫌を悪くしたのか、そっぽを向いてしまうノワール。あまりシトのことが好きじゃないみたいだ。

逆に白は変わった様子もなくニコニコ笑っている。

「うん、久しぶり～♪　お互い全然変わらないわね……あっ、あとね？　私、カイト君から『チユキ』って名前を貰ったの！　だから今度から私のことは白じゃなく、チユキって呼んでね？」

「おぉー、とうとう名前を持ったんだね？　おめでとう！」

シトが意外そうな顔でパチパチと拍手する。

カイトが名前を？

視線をカイトにやると、照れているのか、頬を指で掻いていた。

チユキねぇ……まさかとは思うが、血の雪と書いてチユキにしたなんて失礼な思い付きじゃないよな？

褐色肌を飲み物にたとえてココアって名前を付けた俺が言うのもなんだけど……

「ふんっ、ずいぶんうるさくなったものだ。戻ってチェスの続きをするぞ」

すると、また別の声が上がる。着物女だ。どうやらシトを見て不機嫌になったのはノワールだけでなく、彼女もだったらしい。

着物女はシトを一瞥(いちべつ)したあと、眉をひそめて去ろうとする。

その時、ヘレナと作務衣のおっさんが着物女に話しかけた。

「告。どうせ次も白竜王以外が勝者となるのです。諦めて違うゲームをしませんか？」

「そうだぞ、負け竜王。アヤトらが寝てる間に何十戦したと思ってるんだ？　そろそろ勝っても嬉しくなくなってきたぞ……」

「やかましい！　クソッ、何が『負け竜王』だ……次こそは勝ってみせる！」

着物女はそう叫び、大股(おおまた)でズンズン歩いていってしまった。

「あっ、私もまたあとで行くから待っててね～！」

チユキが手をブンブンと振って三人に言うと、作務衣のおっさんが顔だけ振り返って軽く手を振り返した。

「アヤト様には申し訳ありませんが、私も先にお暇(いとま)させていただきます」

「ん？　おう……」

今度はノワールも一礼し、シトを睨み付けてからその場を去る。

……シトって結構いろんな奴からよく思われてないのか？　ちょっと聞いてみるか。

「……俺の場合はさ、第一印象がよくなかったから好きになれないってのもあるんだけど、お前って基本嫌われるような体質なの？」

「そんなはずはないんだけどなー？　嫌われやすいなんて……それにムスッとしてると雰囲気を台無しにするかもしれないから、結構笑うようにしてるんだよ？」

　むしろその笑みが胡散臭くてダメなのでは？　というとまた話が拗れそうなので、「そうか」とだけ返しておく。

　話が終わるのを見計らっていたのか、タイミングよくナルシャがこっちに来て、俺の肩に腕を置いて寄りかかってきた。

「神様？　とかはよく分かんねーけど、お前が魔王になったことには変わりないんだよな？」

「ああ、誠に遺憾ながらな」

　ナルシャは「違和感？」と首を捻って間違った言葉で聞き返してくる。この子の頭、本当に大丈夫かしら……

「ともかく今度は、お前に従えばいいんだな？」

「……うん？」

　ナルシャの言葉の意味が上手く頭に入ってこず、そう聞き返す。

「だーかーら！　俺が従うのは魔王になったお前でいいかって言ってるんだよ！」

「従うも何も……お前はそれでいいのか？　従う相手が人間で……」

　ナルシャは少しだけ首を傾げたあと、ニカッと笑った。

「魔王になったんだろ？　だったらいいじゃねえか！」

ああ、これは何も考えてないな。なんだろうね、素直でいい子に見えるんだけど、素直すぎてもはや愚直とすら捉えられるわ、これ。

そう思っていたら、笑っていたナルシャの顔が少しだけ曇った。

「……俺さ、本当は頭がスッゲー悪くてさ？　魔王が悪い奴だとかいい奴だとか分かんねえのよ。だからもう魔王になった奴に仕えるって決めてっから、お前が人間でも悪い奴でも従うってことにしてる。それにさっきだって言っただろ？　『勝ったら俺を好きにしていい』って。だから好きにこき使ってくれよ、俺を」

そう言うナルシャは、寂しそうに笑っていた。

どうしようかと考えてると、フィーナがペルディアと一緒にやってくる。

「バカはバカなりの考えを持ってるってことよ。よかったじゃない、好き勝手できる素敵な身体が手に入って？」

フィーナの言い方が卑猥である。

たしかに引き締まったスタイルに加え、胸にはヘレナ並みのブツを持ち合わせているが……いや、好き勝手ってのはそういう意味じゃない。

「フィーナの言葉はともかくとして、よく考えれば魔王になっても損はないんじゃないか？」

さっきまで反対していたはずのペルディアが、何を思ったのか意見を翻した。

「さっき下克上されるかもとか言ってたのはどこのどいつだよ？　損しかねえじゃねえか……」

「いや、考えてみろ。下克上なんて言うが、空間魔術を使えるのなら、アヤトがここに留まり続ける必要はない。つまり、挑もうにも挑めないんだよ。それに無理矢理城を占拠しようとする奴が出てきても、ここをナルシャに守らせておけば、ある程度の相手なら追い払えるぞ？　そいつの強さは私が保証する」

ペルディアの意見を聞き、ナルシャが目を輝かせて俺とペルディアを交互に見てきた。

「たしかに……」と俺が頷くと、ペルディアはさらに言葉を続ける。

「それに、だ。アヤトが魔王になっている間は、魔族たちが勝手に他の大陸に対して戦争を仕掛ける心配もないはずだ。どんなに不満を抱いてようが、あくまで魔族は魔王の指示の下に動くからな」

「そう聞くとメリットの方が大きい……か？」

「いいじゃん！　なっちゃえよ、魔王」

俺が思案しているところに、メアが割り込んできた。

あまりにも軽率な発言に、頭が痛くなってくる。

「お前なぁ……」

「どうせ魔王を辞める方法だって、簡単じゃないんだろ？」

メアがそう言ってフィーナたちに視線を向けると、ペルディアが「ふむ」と考える。

「魔王を辞めるには、闇の適性を持ち、より強い者がアヤトをぶちのめすしかない。もちろん手加減して負けたとしても意味はない」

「「無理（だな）（ね）」」

その場にいるほぼ全員が口を揃えて言った。

「諦めんなよ、根性ないぞ」

「根性でどうにかできる範疇を超えてんのよ、あんたは」

俺が言うと、フィーナが全員を代表して、腕を組みながら呆れたように溜息を吐いて答える。

「分からんぞ？　カイトが奇跡的な確率の連鎖で災害級の事故を起こして、それに巻き込む形で俺を殺せるかもしれん。ほら、運も実力のうちって言うだろ？」

「なんで脈絡もなく俺がたとえに出されてるんですか!?　というか、そんな酷い事故を起こしたくなんかないですよ！」

冴え渡るカイトのツッコミ。

「……たとえ不意打ちでもフラッと避けるイメージしかないんだよな、アヤトって」

「同意」

メアが苦笑いしながら言い、ミーナが頷く。

過大評価してくれてるのはありがたいが、俺だって予想外の攻撃は当たるかもしれないんだけどな……

実際、この世界特有のファンタジーらしい罠だったら引っかかる自信はある。そんな自信はいらんけど。

「それ以外の解約方法はないのか？」

「自殺は好まないだろう？　本人の死以外では、他に方法は存在しない」

「だから諦めてやろうぜ、魔王♪」

ペルディアが首を横に振り、ナルシャは馴れ馴れしく腕を組んでくる。

逃げ場はないか……

すると、なぜか頬を膨らませたメアも、ナルシャと反対の腕に絡み付いてくる。ついでにミーナも俺の背後から手を回してしがみ付いてきた。

「まぁ、別に何もしなくていいってんなら、やってもいい――って、動けないっ！」

「お前、本当に懐かれすぎじゃね？」

俺の状態を見たユウキに言われてしまった。懐かれてるというか、こいつらが馴れ馴れしいだけでは……

「お前が魔王になるのなら、私も心を入れ替えて仕えよう」

呆れていたら、右腕のない黒装束を着た魔族の女が、こっちに近寄って声をかけてきた。

「お前は……伝達役としてグランデウスんとこに帰した奴だよな？」

「ああ、名前はブランだ。ついでに言うとお前には腕を千切られてもいる。恨んではいないが、あのネジ切られた感覚は忘れたいものだな……」

ブランと名乗った女は、目を細めてチクリと言った。

ああ、そういえばこの前、襲われた時にこいつの腕を回転させて千切ったんだったな。

「分かった、分かったよ！　魔王になった記念としてお前の腕を治してやるから機嫌直せ」

「は？　なくなった腕を治すだと？　自分が魔王に選ばれたと分かって頭がおかしくなったのか……？　そんなことできるわけないだろ！　おいっ⁉」

ブランの叫びを無視し、やや強引に左腕を掴んで引き寄せる。

そして失われている右肩付近に手を当てて、回復魔術を発動した。

「ぐっ……あああぁぁぁぁあああぁぁぁぁっ⁉」

同時にブランの肩から蒸気のようなものが噴き出し、悲痛な叫び声が上がる。

俺も予想外のことに回復の手を止めようとしたが、右腕が骨、筋肉、皮の順番で再生していってるのが目に入ったので、そのまま続行することにした。

あまりのグロさに、大抵の奴は顔を逸らしたりえずいていたりしてる。大丈夫そうなのは、ノワールやチユキといった人間に関心の薄い奴らくらいだ。

「う、ぐぅ……あぁ……！」

少し経つとブランは叫ばなくなったが、それでも痛みを感じているらしく、呻き声を漏らしている。

二十秒ほど経った頃、ようやく彼女の右腕が再生した。

「ふぅー……ふぅー……何、これ……本当に右腕が元に戻って……⁉」

信じられないといった感じに目を丸くし、再生した自分の右腕を凝視するブラン。他の者たちも同様に驚いていた。

「右腕が……生えた⁉」

「あはは、常々アヤト君には驚かされるよね……」

何度も俺の回復魔術を目の当たりにしてきたメアたちはともかく、初見のガーランドやラピィたちは驚きを隠せず、口々にそう呟く。

フィーナを除く魔族たちも心底びっくりしたようで、名前を知らない男魔族なんて口をパクパクさせながら固まっている。

「どれだけ光属性の適性と魔力があればそんな芸当ができるんですか？　初めて会った時といい、さっきの闇魔法の真似といい、今の回復魔術といい、肉体面だけでなく精神面の方も異常なんですね……」

ランカが呆れ気味に言った。

シトに魔法適性ＭＡＸのチートを貰ってるから、そこに関してはズルと呼ばれようと異常と言われようと、仕方ないと思うことにしている。

「あんたは何者なんだ……？　人間？　神様⁉　一体なんなんだ！」

口をパクパクさせて放心状態だった一人の男魔族が我に返り、ありえないものを見たような顔で叫んだ。いや、「ような」じゃなくて、こいつにとってはありえないものを実際に見たのか。混乱する方が当たり前だ。

ただ、改めてなんなんだと聞かれるとな……

「職業、冒険者兼魔王の人間、かなぁ……？」

もう魔王になってしまったことは認めよう、うん。

「それでは本人の承諾もありましたし、これからはアヤト様が魔王様で」

「おめでとうございます、旦那様から魔王様へぐれーどあっぷしましたね。今度から私も魔王様とお呼びした方が？」

「はい決まり」とでも言うかのようにアイラートが言い、エリーゼは拙い横文字を交えて茶化してくる。

「やめとけ。往来で呼ばれた日にゃ面倒事に首を絞められそうだ」

「アヤトが首を絞められるところなんて、微塵もイメージできないんだがな」

俺が答えると、ユウキはそんなことを言ってくる。そりゃあ、実際物理的に首を絞められそうになったら、その前に反撃して阻止しますけれども。

「結局、魔族諸君は俺が新しい魔王ってことでいいのか？　しかもこの魔城に留まるつもりもないんだぞ」

最後の確認のつもりで、ペルディアやナルシャ、ブランや男魔族などに視線を巡らせる。

まず、ナルシャが満面の笑みを浮かべて答えた。

「俺の言うことはさっきと変わらないぜ？　誰が魔王でも構わない……あっ、でも寂しいから構ってくれよ？」

続いて、ブランがその場に跪いて言葉を発する。

「私もお前に仕えよう。かつては敵同士で殺されかけたりもしたが、私の腕を治してくれたのだからそのことは水に流す。『影』はもう私しかいないが、できる限りのことをする」

「影」というのは、俺が殺したこいつ以外の黒装束の奴らのことだろう。

そいつらに対して申し訳なさ……が湧くほど俺は甘くないが、もう少し仲間を増やしてやった方がいいのかとは思う。

「私はもう関係ない立場だから、どうしようとお前の勝手だ。好きにするがいいさ」

「せいぜい寝首を掻かれないようにしなさいよね？」

放任するような意見を述べるペルディアと、からかい混じりの笑顔で言うフィーナ。

その他にも否定する奴はいないようなので、そこでようやく俺の心が決まった。

とりあえず魔王やろうかな、と。

鬼ごっこで鬼役をやるみたいな軽さだけれども、嫌だ嫌だと言ったところでそう簡単にどうにかできる問題じゃない。どの道諦めるしかないんだよな。

俺はユウキに話を振ってみる。

「問題が解決したと思ったら次から次へと……こんな時、どんな顔すればいいか分からないの」

「笑えばいいと思うよ」

ユウキは他人事みたいにポツリと言って、面白がっていた。

笑うは笑うでも、引きつった笑みしか浮かべることができないのだが。人生というのは本当にままならないものだ。

「ところでシト、お前がこうやって姿を現したのは、俺が魔王になったのを報せに来ただだけか？　じゃあ、帰れ」

「待って待って、僕の答えも聞かずに追い返そうとしないで？」

俺がシトに話を振ると、すぐに反応した。

「まだ何かあるのか？　正直言って俺は自分が魔王になったことだけで腹いっぱいだぞ」

「残念だけどまだおかわりはあるんだよねー♪　僕も君の仲間になろうかと思って」

「「……は？」」

その場にいる全員の声が揃った。そんな中、シトは空気を読まずにゲームで仲間が増えた時のような音を口ずさんでいる。

「あー……マジで言ってる？」

「マジもマジ、大マジさ！　丁度この星の環境調整が終わったところでね。ようやく、しばらく暇になったんだ。ということで、アヤト君の動向を間近で見てみようかと……ああ、あと他の子たちとも直接お話ししてみたかったっていうのもあるしね？」

シトはそう言うと、カイトの方を見て意味深なウィンクを送った。カイトもその意味を多少理解しているのか、あまり驚いてるようにも見えない。

二人は知ってる仲なのかと少し気になりつつも、俺は溜息を零して言う。

「なんだか、この大陸に来て一気に騒がしくなったな」

「種族も結構揃ったんじゃない？　悪魔に竜に神様……ああ、魔物も手懐けたんだっけ？」

「ホント、異世界でもアヤトの近くにいると飽きなくていいわー」

「俺もアヤトと一緒にいて退屈だったためしがないな！」

和やかに会話するシトとユウキとメア。ちなみにユウキ、他人事のように言ってるが、お前もその「騒がしくなった」原因の一人だからな？

……とは口には出さないまま、俺たちは会話を終えて解散したのだった。

ある程度の人間が部屋を出ていったところで、俺は着物女と一緒にいたヘレナに声をかける。

なんとなく空気を察したのか、ヘレナは着物女たちと別れて俺と二人になった。

「単刀直入に聞く。俺のこの姿はなんだ？」

経緯などの説明を省き、形の変わった籠手を出現させて見てもらう。

「おぉー……解。なんででしょうか？　ヘレナが見た感じですと、竜っぽいですね。その右目、見えてますか？」

ヘレナは俺の周りをグルグルしながらジロジロ観察してくる。ヘレナも原因は分からないらしい。

「一応な。鏡で確認してないけど、俺の姿はどうなってる？」

「……解。鎧が覆っているのは身体の半分にも満たないのでなんとも言えませんが、やはり竜の片鱗が見えます」

俺が聞くと、ヘレナはかなり近距離まで近付き、俺の右目をジッ見つめて言った。

元々この籠手は竜だったヘレナの一部だったわけだし、見た目が竜っぽくなるのは不思議ではないんだけど……

「これをこのまま使って大丈夫なのかよ？　なんか侵食されてる気しかしないんだが……」

「肯。問題は何もありません。何せ、ヘレナの一部ですから」

ヘレナはドヤ顔で胸を張って答える。

答えになってるようでなってないんだが、ここはヘレナを信じておくか。

「告。むしろ竜騎士と名乗れそうな外見でカッコイイと思います」

「ランカ辺りが喜びそうだよ、まったく……いや、さっきは中途半端な状態でもカッコイイって言ってたな、たしか」

そう言いながら装備を消しておく。

その時、近くから足音が聞こえ、廊下の向こうからメアが姿を現した。

「あっ……アヤトッ！」

メアはこちらを見るなり、名前を呼びながら駆け寄ってきた。ヘレナにも「よっ！」と挨拶していたが、様子がいつもとちょっと違うのが気になる。なんか身体の内側から湧き出てくる焦りと嬉しさを抑え込んでいるような……

「何かあったのか？」

「えっ、何って……何も？」

メアの返答は、俺の質問の意味が分かっていながらも誤魔化そうとしているみたいだった。

何か話をしたがっているように見えるのだけれども……

「……」

メアはチラチラとヘレナを気にしている。第三者がいると言いにくいってわけか。

そう考え、俺は一つ提案をしてみることにした。

「場所を移すか？」

第8話　告白

「うおー、すげー！」

メアと一緒にやってきたのは、魔城の最上階付近にあるテラス。

ヘレナも最初は付いてこようとしたが、俺が視線を送ったら事情を察したらしく俺たちと別れた。

テラスは子供が走り回っても問題ないくらいの広さで、特に家具などは置かれていない。

柵越しには、魔族大陸の景色が一望できた。

魔族大陸の空は常に曇っているため少々暗いが、一応眺めはいい。女ならこういうのに憧れるのだろうか？

「おい、見ろよ！　なんか変な風船みたいなのが浮かんでるぜ⁉　……アレも魔物なのかな？」

　メアは柵から身を乗り出して、危なっかしくはしゃいでいた。

「落ちるなよ？　落ちそうになったらお前の胸を鷲掴みにしてでも引き戻すからな」

「え……む、胸？　鷲掴むのか!?　揉むのかっ!?」

　メアが身を乗り出すのをやめ、顔を赤くして自分の胸を守るように手で隠す。誰も揉むなんて言ってない。

「お、俺の小さいもんより、ヘレナとかフィーナのにしろよ！　俺のなんかより……」

「話がどんどんズレてってるぞ……はしゃぎすぎてそこから落ちるなって言ってんの！」

　あと、いざそんな状況になったとしたら、襟首を持ち上げて後ろに投げると思う。

「あ、ああ、そっか……そっか……」

　メアはホッとしたのと残念な気持ちが混じったような顔をしたあと、再び眼下に広がる景色に目をやった。

　そのあとに何度か深呼吸し、再び振り返って俺を見据える。その頬はまだ若干赤みを帯びていた。

「俺さ、色々考えたんだけど、アヤトと一緒にいたいなって思う」

　突然そんなことを言いだされても、意図が掴めないのでどんな反応をしていいか困る。

「そうか？　そう思ってくれるのは嬉しいけど……」

「おう。俺がやることをなんでも否定しないし、むしろ助けてくれたりするし」

「そうかもな」と軽く肯定しておくと、メアはそのまま話を続ける。

「城の中で不自由なく暇を潰して過ごしてた時より、充実してた気がするんだ。そりゃあ、大変なこともあった。カイトが殺された時なんて生きた心地がしなかったけど……」

メアの表情が一瞬暗くなった。

まあ、あの時は俺もどうにかなってしまいそうだったしなぁ。チユキたちには「水に流そう」と言ったものの、やっぱりそう簡単には忘れることはできない。

あの時のことを今思い出して湧いてくるのは、怒りでもなく悲しみでもなく……脱力感っていうのだろうか？　軽くトラウマになってるのかもしれない。

つらつらと考えていたら、メアが再び口を開いた。

「でもアヤトはカイトを蘇らせちまったし、竜とか悪魔相手にも勝っちまうもんな」

「カイトを生き返らせることができたのは、ヘレナがいてくれたおかげだがな。自分一人じゃどうにもできなかった」

「……なんだか、アヤトたちがいたら死んでも死ねなそうな気がしてきた」

「お前は俺らをなんだと思ってるんだ……というか結局、何が言いたいんだよ？」

急に俺を持ち上げようとしてくるメアに違和感を抱き、このままだと話題がズレていきそうなので思い切って聞いてみた。

「え……あっ、うん。あの、さ……アヤト？」

「うん？」

珍しく、モジモジとしおらしさを見せるメア。

今は俯きつつ上目遣いをしてる。普段のガサツさはどこの店に売ってきたのだろう。

メアは静かな口調で言葉を続けた。

「少し目を閉じてくれるか？」

「……目を？」

何かサプライズプレゼントでもあるのか？

とりあえず、素直にその指示に従う。

しかし、何か取り出したりする音は聞こえず、メアがこっちに歩いてくる足音が聞こえるだけ。

気になって目を開けたくなる衝動に駆られたが、ぐっと我慢。

……結果、俺は驚きで目を開けることになるのだけれども。

「……ん」

「……うむ？」

俺の顔に何かが近付けられ、口を塞がれる。その何かは温かく、今こうしてる間にも柔らかさとメアの吐息が伝わってきた。

俺はこの感覚に覚えがあった。

思わず目を開くと、メアの顔がかつてないほど至近距離に迫っている。

俺は……メアとキスをしていた。

「ん……んちゅっ」

それは子供が興味本位でやるような、軽い口付け。

と、メアの目が僅かに開き、俺と目が合った。それで俺が抵抗しないと判断したのか、顔を押し込むようにしてさらにしっかりと口を付けてくる。

しかも、そこから徐々にエスカレートしだした。メアが唇をやわやわと動かし、俺の閉じた口を開けようとしてくる……いわゆる「大人のキス」となる直前である。

さすがに理由も分からないまま、これ以上を許してはなるまい。

咄嗟に肩を掴んで引き剥がしたが、メアはポワンとした表情でもう一度顔を近付けてきた。

「おい……おい、メア！」

顔を背けつつ、大きめの声で何度か呼びかけてみる。

「……あっ」

するとようやく、メアは我に返ったように小さく声を漏らした。同時に先ほどまでの蕩け顔が一気に赤く染まる。そして——

「あ、ああ……あああぁぁぁぁぁあああぁぁぁぁぁっ⁉」

——頭を抱えて悶絶。

「なんで俺、なんで……にゃあぁぁぁぁぁぁっ！」

アニメの猫耳キャラよろしく叫びながら、メアは抱えた頭を上下左右前後へ滅茶苦茶に振り回す。

メア自身も、なんでさっきみたいな行動を起こしたのか分かってないらしい。こいつの妹が勝手に身体を動かしたか？

「メア、少し落ち着け——」

「こんなことするつもりじゃなかったんだよ！　……いや、まずは最初に軽くキスしてから告白しようと……でもなんだか気持ちよくなって、アヤトのことが好きって気持ちが止められなくなって……あっ」

メアが慌てて口を塞いだが、どう考えても手遅れだ。今、俺のことが好きって言ったよな？

お互いに予想外なタイミングの告白に、気まずい空気が流れる。

沈黙に耐えられなくなったのか、メアが消え入りそうな声を上げながら、頭を抱えて額をテラスの床に付けて丸まった。

「やってしまった」感が物凄いメアに対し、俺はかける言葉が見つからなかった。

だってどうしろと？　うっかり自分への好意を暴露してしまって悶える相手に「気にするな」と言えるか？

むしろ地雷と分かっててあえて言ってみる？　踏み抜いてみる？

「まぁ、気にするなよ」

「お前が気にしろよ！　変な感じになっちまったけど、仮にも女が告白してきたんだぞ⁉」

と、こうなるのである。ヤッパダメダッタ。

「いや、お前が気にしすぎて丸まってたら、話を進めようにも進められないと思っただけだ。だからまずは深呼吸して落ち着け」

「……うん」

メアは素直に小さく頷いて立ち上がった。

恥ずかしそうにスカートを掴む仕草は、乙女そのものだ。

「じゃあ、もう一度言ってみ？」

「ちょ……鬼かよ⁉」

遠くの方で「誰か呼んだです？」というルウの声が聞こえた気がしたが、気のせいということにしておこう。

それはともかく、メアは文句を言いながらも、告白し直そうと言葉を選んでる様子だった。

「えっと、なんて言いだせばいいんだ……」

「言いたいことを言えばいいんじゃないか？　俺とメアは知らない仲でもないんだし……思ったことをそのまま言葉にしてみろよ」

俺がそう言うと、メアは「だからそれが難しいんじゃねえか」と口を尖らせて不貞腐れる。

それからメアはまたしばらく黙り込み、決心を固めたように目をギュッと閉じて口を開く――

「俺の子を孕んでくれっ！」

「……」

思考が止まってしまった。

とはいえ一瞬だったので、すぐにいつもの調子を取り戻して返事する。

「いや、無理」

「そんな軽く断るか、普通⁉」

さっきまでのシリアスな雰囲気はどこへやら。今のはメアのが悪いと思うんだけど……

「お前、今のセリフは完全におかしかったぞ」

「え……俺今なんて言った？」

緊張で記憶が飛んでるらしい。

俺はさっきメアが言った言葉をやや拡大解釈して伝える。

「俺を孕ませる、だとよ。そもそも告白として適切な表現かは置いといて……男を孕ませるってどういうことだ？」

「また失敗、した……」

メアは打ちひしがれるように手と膝を床に突いた。なんだろう、こいつってこんなにポンコツだったっけ？

「アヤト……俺ってこんなにポンコツだったっけ……？」

うわ、心の中のセリフをそのまま言われた。

別の意味でドキッとしながらも、このまま終わらせるわけにもいかないだろうから、もう一度機会を与えてみることにする。

「一度の失敗で諦めるのか？」

「うぐぅ……！」

俺の挑発めいた言い方に、悔しそうに顔をしかめるメア。

「おりぇ……お、俺！　俺……アヤトのことが好きなんだ……」

一度噛んでも諦めず、言い直して告白した。

「それは前に言ってた『責任を取って』っていうのとは関係ないか？」

「関係な……くはないけど、アレは冗談というか、あん時から好きだったからそう言ったんだ！　好きなんだよっ！」

戸惑った様子を見せたかと思うと、声を荒らげて再度告白する。もはや勢い任せだ。

そんで、「今度はお前の番だ」とでも言いたげに、キッと睨み付けてきた。

やれやれ……と、呆れるわけにもいかないか。多少雑ではあるが、女の告白には正面から答えてやらないと。

とはいえ、俺もこれが人生で初めて告白される経験でもあるのだ。

今まで邪険にされ続け、罰ゲームという名の偽告白すらされていない。

つまり対応がよく分からないのである。

どう答えるべきか悩んでいると、ふとペルディアとの会話を思い出す。

『お前は自分が、他人を好きになることができると思うか？』

俺は家族や友人に対する『好き』は分かる。だが恋愛の『好き』があまり理解できない。

恋愛感情が欠如してる、とでも言えばいいのか。普通なら美女ともてはやされるような奴から誘惑されても、心が揺れ動くことがないのだ。

端的な表現をすれば「枯れてる」とでも言おうか。だからもし全裸の女が目の前に立っていたとしても、敵であれば容赦なく殺せる自信があるし、そうでなかったとしても普段と変わらない態度で接するのが俺である。フィーナが裸で屋敷を歩いていても気にしないのはそういうことだ。

そんな俺に、告白してきた奴がいる。どうすりゃあいいんだよ……

面倒に感じるならノーとキッパリ断ればいい。代わりに今後の関係にヒビが入るかもだが。

逆にこのまま流れに任せてイエスと答えれば、ひとまずこの場は上手くやり過ごせる。そのあとはいつもと変わらず接していれば、いずれ向こうの気持ちも冷(さ)めるかもしれない。ただしこの方法は道徳的に見ると最低で、メアの気持ちを踏みにじるのと同等だろう。

どちらも取りたくない選択だ。だがこうやってメアが目の前で勇気を振り絞(しぼ)っている以上、誤魔化すわけにも逃げるわけにもいかない。なら俺の答えは――

「メア……ありがとう。だけどその気持ちには応えられない」

「え？　……あっ」

メアはポカンとした表情になったあと、数秒経ってようやく言葉の意味を理解する。そしてみるみるうちに意気消沈し、一瞬で顔がやつれた。

「悪い……俺にはお前を友人や弟子としての感情以外で好きになることはできそうにない」

俺ができるのは、少しでも傷付かないような言い方をしてやることだけだ。

だけれども俺の言葉が届いてないのか、メアは虚(うつ)ろな目をして俯いている。

「…………は、ハハッ……そうだよな、そう、だよな……俺みたいな、ガサツな奴、なんかに……告られて、も……困る、よな……？」

無理矢理笑っているが、その目には涙が溜まっている。次第に口角も下がり始め、今にも大泣きしそうな表情になった。

「ああ、正直な……」

追い打ちをかけるようだが、メアの言葉に俺は頷く。

メアの目から大粒の涙が流れ落ちた。

「周りはヘレナとかフィーナとか、美人だらけだもんな……俺が相手されるとかありえな――」

申し訳なく思いつつも、俺はメアを遮って言葉を続けた。

「いや、俺は誰かを愛せる自信がないんだ。友人や家族に向ける愛は知ってるが、それとは異なる愛情を他人に対して抱いたことがない。俺に向けられていた感情は、表面上はどうあれ、大体悪意と嘘で塗り固められたものだったから……これも一つの人間不信というのかもな」

「――え？」

これで、俺の言いたいことは全部言った。

言い訳っぽくなったが、せめてメアが悪いわけじゃないというのだけは伝えたかった。

これで伝わってくれれば……

「つまりアヤトは……俺が嫌いじゃないってこと、なのか……？」

「さっきも言ったが、嫌いなわけないだろ。ただ俺は、誰かを好きになる感情を持ち合わせてないってだけの話――」

「じゃあ！」

メアは俺の言葉を最後まで聞かず、乗り出すように顔を近付けてきた。

流れていた涙は既に止まっており、瞳の奥からは何かを必死に訴えかけようとする、力強い意志を感じる。

だがメアはすぐに目を逸らし、ばつが悪そうにこんなことを言いだした。

「じゃあ、さ……アヤトが誰かを好きになるまで、俺を彼女にして……くれないか？」

その提案を聞き、俺は思わず固まってしまう。

「それは……『とりあえず』ってことか？　俺がメアを好きになるまで……」

「ああ、そうだ！　……って言っても、アヤトがやっぱ違う奴を好きになるかもしんないし、その間だけでもいいんだけど……」

「それはさすがにクズすぎる！」

誰かを好きになった時、それがメアじゃなかったら捨てるとか……

「じゃあもう、彼女とかいう建前の関係はどうでもいいから、甘えさせろ！　イチャイチャさせろっ！」

メアは腕を上下にブンブン振り、勢いよく抱き着いてくる。

「でもそれは……」

「最低とかでもいいからさ、アヤトが嫌じゃないなら俺を……仮の彼女にしてくれよ」

抱き締めている力をギュッと強め、一生のお願いだと言わんばかりに上目遣いで見つめてきた。

「仮って……」

「ハッキリと嫌いだって言ってくんねえと、俺は諦めねえぞ？　それだけアヤトが好きなんだからさ♪」

メアは吹っ切れた顔で、ニッと笑った。

そんなの……受け入れるしかないじゃないか。

他人との繋がり、特に家族や友人との繋がりに対する異様な執着は自覚してる。だから繋がりを断ち切ってまで相手を拒絶する度胸は俺にはない。

さっきだってなんとか穏便に断って、都合よく元の関係に戻ろうとしてたのだから。我ながら浅ましいと思う。

「お前、俺が拒めないのを分かってて言ってるだろ？」

「えへへ、相手の弱みにつけ込むのは、何も喧嘩だけじゃないんだぜ？　恋も戦いのうちってな！」

なんとも逞（たくま）しいことだ。

俺はどう返していいのか分からず、溜息を吐いて呆れ笑いするしかなかった。

「だからアヤト……あんま返事を待たせてっと、無理矢理襲っちまうぞ？」

「仮にも王女なのに、そんな発言するなよ……ったく、本当に困ったお姫様だよ」

抱き着いて離れようとしないメアの頭に手を置き、ゆっくりと撫でる。

「いいのか、俺で？　多分この先苦労するぞ、こんな奴を相手にしてたら」

先に保険をかけておくと、メアは意味深な笑みを浮かべた。

「アヤトの方こそ覚悟しろよ、俺みたいな奴に好かれちまって……これから大変だぜ？」

自分で言うか、普通？　というか、何か他にも含みがある感じがするんだが、追及（ついきゅう）した方がいいのだろうか。

「……じゃあ、アヤト。お互い合意したことだし、改めてよろしくってことでいいんだよな？」

少々強引に言われ、俺は渋々頷く。

「どうなっても知らねえからな」

「それは俺のセリフだって。ここで俺をフらなかったこと、あとで後悔させて……いや――」

メアはそこで一旦言葉を切ると、再び俺に顔を寄せてきた。

「この先、俺を彼女にしてよかったって思わせてやるよ」

そして自信たっぷりに囁き、再びキスをしてくる。二度目で慣れたからか、頬がほんのり赤みを帯びているだけで、特に我を失っているわけでもなさそうだ。

その愛情は、今は一方的なもので、これからも俺が応えられる保証はない。そう思いながらも、可能な限りメアから向けられる愛を受け入れてみようと思った。

それにしても……今まで受けたことのない、悪意なしの甘い感情というのは戸惑いそうになるな。

異世界に来て生活が色々と変化してきたが、まさか恋心を抱かれる日が来るとは思わなかった。

キスをしてから十秒経った辺りでメアが離れ、恍惚とした表情で自分の唇をなぞる。

そのまましばらく余韻に浸っていたようだったが、ハッと正気に戻ったかと思えば、またキスをするのかというくらい一気に詰め寄ってきた。

「そういえばアヤト、ヘレナともキスしてたよな⁉ アレは……」

どうやらカイトを蘇らせる直前、ヘレナが力を取り戻すために俺と口付けを交わした光景を思い出したらしい。こんなタイミングで思い出すかねぇ……いや、こんなタイミングだからこそか。

っていうか、アレは告白ではなく契約の一つとして考えていたのと、そもそも状況が状況だったために、俺も今まで忘れてた。

「アレはカイトを助けるために仕方なくやったことだよ。契約みたいなもんだと思ってたから、気にしてなかったな。ヘレナも何も言わないし、気になるようならお前から聞いといてくれ」

「なんだか、早速浮気された感がスゲーんだけど……いや、別にいいんだけどな？　相手がヘレナだし」

ヘレナだったら浮気してもいいのかよ。

「ヘレナだけじゃなくて、俺の知ってる奴なら心を動かされてもいいぜ？　みんな美人だしな」

メアは心を読んだようにそう言い、今度はスルリと横に移動して腕を絡めてきた。

「ただ、相手が複数人いてもいいから、そこに俺も置いといてくれよ」

「さすがにそれは自信なさすぎじゃないか？」

それに俺みたいな男が、そんなユウキがよく言ってるハーレムを作っても、困るだけだと思うんだがな……

「ところで……お前を仮とはいえ彼女にする場合、俺は何をすればいいんだ？」

「え？　それ、は……なんだろう？」

メアが首を傾け、考え始める。

「えっと、恋人らしい、恋人らしい……」

繰り返し呟いてたと思ったら、ハッと気付いた表情になった。

「抱き着く？」

「普段からやってるだろ？」

俺が言うと、メアはいじけるように頬を膨らませる。

「いつもは俺たちの方から抱き着いてるだろ？　アヤトの方からするのなんて、頭を撫でたりおんぶしてくれたりじゃん！」

「そうだったか？　……そうだったな」

少し考え、すぐに納得した。

全員、気軽に抱き着いてくるから、子供を相手にしてる感じで撫でていたんだよな……

「じゃあ、恋人らしくできるかは分からねえけど、こうすればいいか？」

既に至近距離にいたメアの身体を、今度は俺から包むように抱き寄せる。

「っ！　……おう！」

メアはくすぐったそうにしながらも、嬉しそうに密着(みっちゃく)してきた。

ああ、なるほど。「される」のと「自分からしに行く」のではまったく感覚が違ってくるようだ。

なんというか、その……むず痒かった。

☆★☆★

俺、メアは晴れてアヤトと恋人（仮）となった。そしてあいつと別れたあと、ミーナたちと合流して風呂に入ることに。

魔城の風呂場は屋敷の浴場より広く、城にいる女だけでは寂しさを感じるほどだ。

「……んふっ」

丁度いい温度の湯船に浸かっていた俺は、さっきのアヤトとのやり取りを回想し、一人で笑っていた。いわゆる思い出し笑いというやつ。

しかも、自分でもかなり気持ち悪いと思うくらいに。

「んふふふふふふふ……」

だけど、不気味だって分かっていたって、アヤトが俺の恋人になったんだと思うと、笑いは止められなかった。

「ちょっと、気持ち悪いわよ、メア！」

その時、俺の隣でゆったりしていたフィーナが、悪態をついてきた。

「あっ、悪い……ちょっといいことがあってな」

「いいことがあると、あんたはそんな気持ち悪い笑い方をするの？　だったら直した方がいいわ、みんな引いてるわよ」

呆れられながらそう言われ、周りを見るとたしかに全員が引きつった微妙な顔をしている。分かってはいたけど、実際の反応を目にすると結構傷付くな……

すると、フィーナはいやらしい笑みを浮かべ、口を「ω」の形にして俺の方に寄って肩をぶつけてきた。

「一体何がそんなに嬉しいのかしらね……教えなさいよ？」

「えー？　どうしよっかなー？」

本当はすぐにでも言いたかったけど、正直に答えるのも味気ないと思って、ちょっと焦らしてみた。

次の瞬間、フィーナの目がキラッと光った気がした。

「へぇ、言わないのね……それとも言えないようなことなのかしら？　まぁ、どっちにしても、あたしに隠し事をするなんていい度胸じゃない！」

フィーナは不敵に笑うと、素早く俺の両手を掴んでくる。

そのまま片手で器用に俺の両手を拘束し、自由になっている片手の指をうねうねと動かした。

「な、何をする気だよ……？」

フィーナのことだからそこまで痛いことはしてこないだろうけど、嫌な予感がして顔が引きつる。

フィーナは、今度は俺に優しく微笑みかけた。笑い方にもいろんな種類があるんだな～……

「大丈夫よ、あたしの拷問は優しいから……でも、吐くまでは絶対やめてあげないから覚悟しなさい」

慈愛に満ちた表情で、恐ろしいことを口にしたぞ……⁉

アッー！　という俺の声が、綺麗に風呂場に響いた。

「はぁ……はぁ……フィーナに滅茶苦茶にされた……」

「人聞きの悪いこと言わないでよ」

それから数分後。宣言通り、フィーナから「優しい拷問」を受けた俺は、息も絶え絶えに湯船から上がり、目に涙を浮かべて床に転がっていた。

フィーナは何事もなかったかのように湯船に浸かり、感心したような声を出す。

「それにしても、あんたがあいつとねぇ？」

フィーナの言う「あいつ」とは、もちろんアヤトのこと。結局俺は、アヤトに告白したことやその時の出来事を全て喋ってしまったのだ。

「……頑張んなさいよ」

「え？」

フィーナのポツリと言った言葉が意外だったので、思わず聞き返す。

いつもなら憎まれ口を言うフィーナが、素直に応援してくれるなんて……

俺の反応を見て、フィーナは大きく溜息を吐いた。

「あのね……あたしだってそんなに意地悪じゃないわよ！」

拗ねたように言ってるけど、さっき俺にしたことを思い出すと説得力を感じない。

それでも応援してくれたのは嬉しくて、自然に緩みだす表情を隠そうとフィーナに抱き着いた。

「ちょっ……もう」

最初はあたふたしていたけど、呆れ笑いをしつつも、抵抗せずに受け入れてくれた。

俺の周りにはアヤトだけじゃなく、かけがえのない友人もいる。改めて、自分が恵まれた環境にいることを実感する。

込み上げてきた嬉しい感情を表現すべく抱き着く力を強めたら、「痛いわっ！」とフィーナに怒られてしまったけど。

「それはそうと、告白と言えば……」

ふと思い出したように呟いて、視線を移すフィーナ。俺もそちらに顔を向けると、ヘレナがいた。

　ヘレナはなんのことか理解してないらしく、ちょこんと首を傾げている。

　フィーナはニヤニヤと笑って言葉を続ける。

「人が死んだっていうのに、アヤトにキスして空気をぶち壊しにしかけた女もいたわよねぇ？」

「ああ、そうだな。しかも俺みたいに告白もせず、強引に唇を奪ったし……そこんとこハッキリさせる必要があるよなぁ？」

　俺もフィーナに同調し、二人揃って悪い笑みを浮かべて指をワキワキと動かしてヘレナに向ける。おそらく俺もフィーナも、考えてることは同じだろう。

「解。なんのことか分かりません。よってヘレナはのぼせないうちに上がりま――」

　ばつが悪そうにそそくさとその場を立ち去ろうとするヘレナを、俺は後ろから羽交い締めにして引き止めた。

「速い……!?　驚。今まで鍛えられた機動力をここで発揮するとは……」

「逃がさねえぜ……ヘレナがアヤトのことをどう思ってるのか、ちゃーんと聞き出さなきゃな？」

「そうよね、メアだけなんて不公平だもの。ああでも、無理に言わなくてもいいわよ？　その分あたしたちが楽しめるんだし……」

ドSな発言をしながら動けないヘレナへにじり寄るフィーナ。

ヘレナが助けを求める目を向けてきたけど、もちろん無視。珍しくフィーナの無邪気(むじゃき)な姿を見られたなー、なんて思っているうちに「優しい拷問」が開始された。

その日、二度目の悲鳴が城中に響き渡ったのだった。

第9話　帰宅

「さぁ、我が家へ帰ろうか！　アヤト君」

俺の名前を呼ぶシト。俺は仲間たちと共に現在、仲良く魔城のエントランスに集合している。これから人間大陸に帰還(きたく)しようとしていた。

「……百歩譲ってお前が付いてくるのはいいとして、なんで仕切ってんだよ？」

「それはそうだよ、だって僕って神だし。それに……」

シトは意味深な笑顔でメアを一瞥したと思うと、自分の身体を抱き締めてクネクネし始めた。

「これからはアヤト君の屋敷に住むつもりなんだから。君と僕の愛の巣を作り上げよう！」

「やめろ気持ち悪い⁉」

全身に鳥肌が立った。

「えー、気持ち悪いなんて酷いな？　一応これでも容姿は可愛いって他の神から好評なんだよ？　そりゃもちろんノクト君には勝てないし、性格はよくないとも言われがちだけども……」

ちょっと悲しげな笑顔で言うシトを見て、少しだけ同情した。

「魔王様」

その時、アイラートの声がしたので反射的に振り向く。

アイラートは真っ直ぐこちらを見ていた。隣にはジリアスもいる。やっぱり俺を呼んだのね。

「魔王様て……」

「魔王様になったのですから、自覚を持ってもらうために魔王様と呼ばせていただきます。異論は認めません」

強引に言われ、俺は「そ、そうか……」と戸惑いながら納得する。俺ってこんなに押しに弱かったっけ？

アイラートは珍しくしおらしい表情で話しだす。

「魔王様、私たちはいつでもあなた様のお帰りをお待ちしております。たとえあなた様が人間でも、元々敵対していたとしても、私たちにとっては関係ありませんので」

アイラートの言う「私たち」が魔族全体を指しているわけではないとは思うが、少なくとも横に並ぶジリアスはアイラートと同じ気持ちのようだ。

「俺たちは『魔王に仕えること』を生きがいにしてきました。その生き方を今更変えることはできません。それが人間や亜人だったとしても」

ジリアスはそう言いながら、頭を下げる。

「アヤト様が魔王様である限り、ここも帰る場所となることを忘れずにいてもらえますと嬉しいです」

「ええ、ジリアスの言う通り。なるべくお早いお帰りを……そうですね、三日か四日に一度は帰って来ていただけると……」

図々しい要求をしてきたアイラートの頭を、ジリアスがはたいた。

漫才みたいなやり取りに軽く笑いながら、空間を裂けばいつでも帰れることを伝えてちょくちょくここに来ることを約束した。

空間の裂け目を作って屋敷へ転移すると、俺に続いて裂け目を潜ったメアとミーナが、

「「わーがやー!」」

ハイテンションで叫んだ。

「「「わーがやー!」」」

　続いて裂け目から現れたシトとユウキ、ラピィが同じように叫ぶ。と、ラピィとユウキが「なんじゃこりゃ⁉」と続けて驚いた。俺たちの住んでいるところが豪邸(ごうてい)でびっくりしたようだ。

「……我が家」

　さらに続けて裂け目から出てきたエリーゼが、他の奴らには聞こえないくらいの小さい声で呟いた。だが、俺にはちゃんと聞こえている。

「おかえり」

　エリーゼの顔を見て苦笑しながら言うと、彼女は若干頬を染めてそそくさと屋敷の中へ入っていってしまった。

　次にヘレナや着物女たち竜グループが裂け目から現れる。作務衣の男は「ほぉ～？」と興味深そうに周囲を観察しているが、着物女は相変わらず機嫌が悪そうだ。

「ふん、まるで小屋だな。こんなところに住むのか？」

「さっきまであの城の中で迷いそうになってた奴が何を言っとるんだ？　人型であればこれで十分だろう」

『おっうっち！　おっうっち！』

　はしゃぐベルの後ろに続いて、チユキを背負(せお)ったカイトと、リナが現れる。

「ここがこれから私たちのお家になる場所？　素敵なところじゃない！　シトの言ってた

愛の巣って表現は、私たちの方が似合ってるわ♪」

「重い……チユキさん自体は軽いのに、重く感じるのはなんでだ……」

「か、カイトくん……」

ゲッソリとするカイトに対し、なんて声をかけていいか分からずに苦笑いしているリナ。

ガーランド一行も続々とやってきた。

「ここがアヤト殿の……大きな屋敷のようだが、貴族様の家なのか？」

ガーランドが聞いてくる。

「元々はただの空き家だよ。色々な事情があって、今は俺たちが自宅として使わせてもらってる。ちなみにここはコノハ学園の敷地内だ」

「なんだと⁉　ここがあのルビア殿の……」

学園長のことを知っているような口ぶりだな。そういえばガーランドと学園長は二人共SSランクの冒険者だし、知っててもおかしくないか。

ガーランドに続いて、ラピィとセレスが話しかけてきた。

「ってことは、ルビアさんと会えたりするの？」

「あらぁ、もし会えるのなら嬉しいですねぇ」

「夏休みに入ったし、忙しくなければ大丈夫だろ。どっちにしろ帰ったって報告するつもりだから、そのついでに口利きしようか？」

俺が言うと、ラピィとセレスが「やったー！」と声に出して喜ぶ。普段の姿を知ってる俺からすれば「あんなんに会えて嬉しいのか？」と思ってしまうが、冷静に考えれば学園長は歴とした最高ランクの冒険者なわけだしな。

「聞いたんだけどよ、そのルビアさんって年齢の割に子供みたいな容姿してるんだろ？実際のところ、何歳なんだ？」

アークがなかなか答え難い質問をしてきた。

学園長の年齢は学生なら周知の事実であるが、他人に明かすのはデリカシーに欠けるだろう。

「ああ、そうだな。年はたしか……ガーランドって年いくつだっけ？」

ハッキリと答えるのは可哀想な気がしたので、まずは一番歳上っぽいガーランドに話を振る。

「俺か？　今年で二十八になるが……」

見た目の割に若かった。三十代くらいまでいってると思ってたんだが……

するとシャードが、何を思ったのかガーランドの横に並んで口を挟んできた。

「ちなみに私は二十七だ」

「聞いてない。けどまぁ、いいや。学園長の年齢はこの二人よりちょっと上だとだけ言っておく。背丈はランカとどっこいどっこいだ」

俺がそう言うと、丁度裂け目をくぐってきたランカに、その場の全員の視線が集まった。ランカは「な、なんですか？」と狼狽えている。ちなみにこの幼女、行く当てがないという理由で付いてきた。

アークはバカにするような笑みを浮かべ、ランカの頭に手を置く。

「さすがにコレはねえよな、コレは？」

「おっとこれは喧嘩売られましたね？」

「そしてランカちゃんの外見をバカにしたということは、私をバカにしたのと同等！」

突然会話に加わってきたラピィとランカの目が合い、キラリと光った。

「食らえ、未発達な身体を持つ私たちの怒り！」

「全てを終わらせる一撃……エンド・ザ・ワールド！」

何やらそれらしい前置きと技名を叫び、ランカとラピィがアークの股間へ同時に蹴りを入れる。

見事攻撃がクリティカルヒットしたアークは、綺麗な笑顔でその場に倒れ込んでしまった。うわー……アークの全てを終わらせたよ。

凄惨な光景に、思わず顔を逸らす。ほら、ユウキとカイトだって股間を押さえて青ざめてんじゃねえか……

しかも裂け目からフィーナと一緒に現れたペルディアが丁度足元に倒れていたアークを

踏み付けてしまい、アークは潰れたカエルのような声を上げる。

「うおっ⁉　な、なんだ……なんでこんなところで寝てるんだ？」

「べ、別に寝てるわけじゃ……」

「どうでもいいけど邪魔！　さっさとどきなさいよ！」

手を伸ばして助けを求めたアークだったが、無慈悲にも彼の腹部にフィーナの蹴りが炸裂。アークは「ぐえっ⁉」と悲鳴を上げてダウンした。

これにはもはや両手を合わせて南無と口にするしかない。横ではラピィとランカが「ざまぁ！」と指差して笑ってるのが怖かった。

その時、俺はフィーナを見て、ふとあることに気付いた。

「……ん？　フィーナ、お前なんか顔色悪くないか？」

「は？　何よ、いきなり……別になんでもないわよ。というか、気持ち悪いからあんまり人の顔ジロジロ見ないでくれる⁉」

どこでスイッチが入ったのか、半ギレされた。ペルディアは「おいおい」と軽く注意するが、フィーナはすぐにそっぽを向いて逃げるように立ち去ってしまう。

ペルディアは申し訳なさそうに苦笑いし、俺の前に立つ。

「悪いな、アヤト。なんだかんだ私もここで世話になる」

「いいよ。まさかフィーナが、ペルディアと一緒に俺たちと来るなんて言いだすとは思わなかったけど。まだ心残りがあったのかね」

フィーナの後ろ姿を見送りながら、俺たちはそんな会話をした。

少し前に、フィーナに「ペルディアを助けたらどうするんだ」という質問をしたことがあったが、その時の答えは「ペルディア様と一緒にいたい」だった。

そのためフィーナとは魔族大陸でお別れかと思っていたのだが……帰ってくる直前、フィーナはペルディアに「アヤトたちと一緒に行かないか」と聞いたのである。

ペルディアは魔王という足枷がなくなり自由になったということもあって頷いたが、やや意外そうな顔をしていた。また、その場の全員も驚いてフィーナに注目し、フィーナは顔を赤くして俯きながら恥ずかしがっていた、というのがさっき行われたやり取りだ。

ユウキがこちらに近付き、話しかけてくる。

「凄まじいツンデレ娘を仲間にしたな、アヤト。ありゃ、好感度上げるの大変だぞ？」

「ツンデレというか、もう反抗期の娘だろ、あれ。『洗濯物一緒にしないでよ』とか言いだして、全国の父親を泣かせるレベル」

「嫌に具体的だなぁ……分からんでもないけど」

その後、全員が通ったのを確認したところで、空間の裂け目を閉じて別の場所へ繋げる。

「じゃあ、学園長に報告してくるから、合図したら来てくれ」

「了解！　……合図って？」

裂け目を通る寸前に声が聞こえた気がしたが、気にせず行く。適当に手を出して手招きでもすりゃいいだろ。

着いた先は学園長の部屋のドア前。夏休み期間なだけあって、誰もいなくて静かだ。

この調子だと学園長がいるかも怪(あや)しいな……そんな不安を抱えつつ、扉を数回ノックした。

「んー？　誰だーい？」

ちゃんといるらしい。やっぱり責任者だけあって、そう簡単に休まないようだ。

ただ……この声、どこか酔っ払ってる感じにも聞こえるのだが……

「俺だ、学園長」

「俺ぇ？　ダメだよ、ちゃんと学年と名前を言わなきゃぁ～……」

蕩けるようなスローの声……うん、確実に酔ってるな。

「一年のアヤトだ。邪魔するぞ、学園長」

返事も待たずに扉を開けて中に入る。

学園長室には空(から)の酒瓶が数本転がっており、飲みかけが一本置かれていた。完全に今ここで酒盛(さかも)りしてやがるな、こいつ……

「あれぇ、アヤト君？　どうしたの、こんなところで……っていうか、魔族大陸に行ったんじゃあ？」

ふわふわというか、ヘラヘラ笑いながら聞いてくる学園長。かなり危ない感じだが、物事の判断がまったくできないというわけじゃないらしい。

「やることやって、さっさと帰ってきたよ」

「アハハッ、嘘だぁ……だって見送ったのはほんの数日前だよぉ？　まさか船の旅だけして帰って来たとか言わないよね？　……ああ、でもなぁ、君んとこにはノワール君がいるから、なんでもありと言えそうだ……っとと」

学園長はフラフラしながら、椅子から立ち上がる。そのまま俺の目の前までおぼつかない足取りでやってきて、寄りかかってきた。

「おいおい、大丈夫かよ……？」

「え？　うん、問題ないさ。アヤト君が無事問題を解決して帰ってきてくれたのなら、何も問題はない……ぉぇ」

かなり小さかったが、今たしかにえずいたよな？

問題大ありじゃねえか！　むしろ問題しかない……

学園長が俯いてる間に、こっそり収納庫からコップを取り出す。

「水、飲むか？」

「あー……うん、できれば氷が入った冷たいのがいいな……」

学園長の要望に応えて、魔術と魔法で小さな氷と水をコップの中に生成する。

「ほらよ」

「ん、ありがとう。いやー、先生思いの生徒を持って幸せだなー！」

学園長はそう言って、頬擦りしてくる。酷い絡み酒だな……

「普段やらないことやって、あとで後悔するなよ？　酒が抜ける頃には忘れてるかもしれないけど……あとこれでも一応彼女持ちだから、あまりくっ付いてくれるな」

「彼女ー？　……えっ、彼女？」

さっきまでニヤニヤしていた学園長が真顔になり、赤かった頬も通常の状態に戻る。

何、俺に彼女ができるのって、酔いが醒めるほどの出来事なのか？　いや、俺もありえないとは思ってたけど。

学園長は数秒固まったと思ったら、いきなり目から大量の涙を流し始めた。

「君も……君もか!?　僕を差し置いて先に幸せになろうというのか！　学生の本分は勉強であって、出会いの場じゃないんだぞ!?」

激怒して「このー」と俺の腹部辺りをポコポコと叩いてくる。

「そんな理不尽な理由で俺に八つ当たりすんなよ……というか、酔いすぎだ学園長」

「なら哀れな僕を介抱してくれよ！　この歳になっても結婚どころか恋人すらいないだなんて、もう……生徒にでもいいから頭を撫でてもらいたい……！」

切実である。

まぁ、学園長なんて忙しそうな職に就いてれば、出会いはそうそうなさそうだけどな。

とりあえず学園長の要望通り、ミーナたちにやるように頭を優しく撫でてやる。

「ぐすっ……君の彼女はいいね。いつもこんなに優しく頭を撫でられたりして甘やかされて、幸せな日々を過ごすんだろうなぁ……」

泣き止んだかと思うと目が少しずつ閉じていき、最後には全身を脱力させてもたれかかってくる。

「おっと……寝たのか」

すうすうと静かに寝息を立て始めた学園長。あーあ、どうすんだよ、これ？

学園長室は酒瓶などで散らかっているが、面倒だし片付けないでいいだろう。よくなかったとしても、こいつの責任だからもう知らん。

ただ、アルコールの匂いが充満したこの部屋に酔っ払いを放置するのも気が引けるので、窓だけ開けて換気し、眠ってしまった学園長を背負って屋敷に連れ帰ることにした。

「そういうわけで、こいつを介抱してくれ」

裂け目を潜り、ラピィたちに事情を説明したあとにそう言う。

戻ってきた時にシャードがニヤニヤしたり、ユウキとアークが俺の背中で寝てる学園長の胸を見て真顔で固まったり、アークの視線が腹立たしかったのか、ラピィがアークに目潰したりと色々騒がしかったが。

「では空いている寝室に私が連れていきましょう」

すると、ノワールが自ら名乗り出てくれる。

初めてこいつらが会った時は犬猿の仲なのかと思ったけれど、そうでもないのか……？

ノワールは満面の笑みで、学園長の首根っこを猫のように掴んで持ち上げた。なんという容赦のない運び方。やはり仲は悪いらしい。

「あっ、ダメだよ、そんな風に扱っちゃ⁉　女の子っていうのはデリケートなんだから！」

「だから繊細に扱ってるではありませんか。痛みを与えず、屈辱だけを与える完璧な持ち方です」

「多分、ラピィが言いたいのはそういうことじゃない……」

一応指摘しておいた。と言っても、ノワールは分かっててやってそうだけれども。

これ以上俺は何も言わないし、酔って潰れた学園長の自己責任ってことで放っておく。

「さて、期待のSSランク冒険者様はあんなになっちまったが、お前らはこれからどうする？」

猫みたいに運ばれた学園長を見届け、俺はガーランド一行、そしてイリアとユウキに聞く。

「え、俺も？」

自分を指差して聞き返してきたユウキに頷き、ノクトにも視線を送りながら答える。

「一応お前らは国に召喚された勇者だからな。魔王を倒したら帰るのが普通だ」

「それはそうかもしれないけど……兄さんはどうしたらいいと思う？」

質問を質問で返してきたノクト。その発言は判断を他人に任せてるみたいで好きじゃないんだがなぁ……

ただ、その場の全員が黙って俺に視線を集めているところを見ると、どうやら他の奴も俺がどんな判断を下すのか気になるらしい。

まったく、何を期待してんだか……？

眉間にしわを寄せながら、俺は自分の考えを話す。

「まず、ユウキたちがそれぞれの国に帰国するのはオススメしない」

「っ……！」

俺の言葉に最初に反応したのはイリアだった。

「なぜですか⁉　なぜそれをあなたが――」

「最終的に決めるのは俺じゃない。あくまで自分の考えを言ってるだけだ。イリア、俺たちの以前にも勇者が召喚されたことがあるってのは、王族のお前なら知ってるだろ？」

イリアの言葉を遮ってそう確認すると、表情を歪ませて頷く。

「だったらその勇者たちがどうなったかは？」

「それは……無事、元の世界に帰られたのでは？」

どうやらイリアは、召喚された勇者がどうなったかまでは把握してないらしい。

一方で、ガーランドは顎に手を当てて考え込んでいた。

「殺されたか……」

「……え？」

ガーランドの呟きに、イリアが驚きの声を漏らす。

「なんですって……？　そんなはず……だって彼らは人間の大陸を救ってくれた勇者なのですよ！　その方々を殺害するなんて……!?」

「実は、証言がある。ここにはいないが、俺の知り合いに貴族がいてね、そいつから召喚後の勇者がどうなったか書かれた書物を見たと聞いたのさ。そして何より、シト……気が遠くなるほどの年月を生きた神がそう言ってたしな」

俺がそう説明すると、イリアは縋るような目でシトを見た。

事実は変わらないとでも言いたげに、シトは困った風に笑って肩を竦める。

「僕の干渉外で召喚が行われたのは君らを除くと五度。そのうち、四度のケースではアヤト君にも話した通り、召喚された勇者が殺されてしまっている。毒殺、暗殺、事故に見せかけた故意の殺害とかね。一度は逃れられた子もいたけど、次から次へと襲いかかる殺意には耐えきれなかった」

そう言うシトの口は笑っていたが、悲しい目をして俺やノクトを見ていた。

「アヤト君のように凄まじい判断力や反応速度、ノクト君のような何もかもを超越してしまえる能力があれば何とかなったのだろうけどね」

ユウキを含めなかったのは、本人にチートの力があっても、危機回避能力が低いと言いたいのだろう。

ユウキは首を捻りながら言う。

「まぁ、殺されるのは俺も嫌だけど、数日間見た限りじゃ、悪い人とかはいなかったと思うんだがなぁ……」

「当たり前だろ。これから魔王を倒してもらおうってんのに、機嫌を損ねさせるバカがどこにいる？　……って、そこ。なんで目を逸らす？」

俺の言葉を聞いたガーランド一行が、苦笑いして各自あらゆる方向を向いていた。

「まぁ、なんというか……うちの王様がその『バカ』に該当するんだろうなと……」

「我らの王は少々傲慢な上に腕が立つからな。他者に対して下手に出るということをしないんだ」

「ま、よく言えば上から目線、一般的な言い方をすれば嫌味しか言わないクソ野郎といったところか」

ラピィとガーランドはある程度オブラートに包んでるのに、シャードは本人がいないのをいいことに好き放題言ってる。相当腹立つことでも言われたのだろうか……

「とにかく、戻るかどうかはお前たち自身に任せる」

「って、仮に帰らないって言ったらどうするんだよ？　国の人たちが混乱するんじゃねえの？」

自分をどうするかも分からない相手のこと心配するユウキに、俺は呆れて笑いながら一つ案を出す。

「そこは戦死したとでも言って誤魔化せるだろ。仮にも相手は街一つ吹き飛ばせる魔王だったんだし。ノクトだって、魔王と相打ちになったとでも言っときゃいい」

「そうだな……竜の出現もあわせて報告すれば、ノクトを追うどころではなくなるだろうし」

「ユウキ様は……」

ガーランドは俺の意見に同意したが、イリアは一緒に帰ってほしいと言わんばかりの悲しげな表情をした。

「俺、は……」

イリアを一瞥した後、視線を俺に向けてくるユウキ。ここに残りたいけれども、美少女からのお願いは断れない、と言ったところか。

「……まぁ、今すぐ出てけってわけじゃないんだ。それに俺たちは転移して帰ってきたんだし、あんまり早く帰っても不自然に思われるだけだろ？　だからしばらくここでゆっくりしながら考えればいい」

「それって、私たちもここでお世話になっていいってことだよね？」

ラピィがニマニマしながら聞いてくる。冗談めかした口調で、本気でこの屋敷に滞在しようとは考えてないっぽいが……宿にでも泊まるつもりか？

「いいぞ」

「分かってるよ、知り合ったばかりの私たちを泊めるなんて普通しないし、学園の敷地に部外者を入れるなんて……って、え？　いいの⁉」

ノリツッコミをするラピィ。

ガーランドたちも驚いていた。

「いいのか？　俺たちをここにいさせて……」

「学園の敷地っつっても、俺たちの家も兼ねてるからな。今までもミランダとか普通に来てたし、大丈夫だろ」

ミランダがSSランクの冒険者だからっていう理由で入れるんなら、ガーランドたちも俺の客ってことで匿っても問題ないだろう。屁理屈ではあるが。

「うーん……アヤト君がそう言うならお世話になりたいけど、迷惑になるようなら出ていくからね？」

「ではそれまでよろしくお願いしますぅ」

ラピィとセレスの言葉に「ああ、分かった」と頷く。

ラピィは意外としっかりしていて、セレスは礼儀正しい。アークはまだチャラいというイメージがあるが、こいつらがそうそう問題を起こすとは思えない。

ちゃんと事情を学園長に説明すれば許可くらいは貰えると思うし、大丈夫だろうとは思うんだがな……

しかし話をするにも肝心(かんじん)の学園長は潰れてしまっているので、会話もそこそこにしてラピィたちをそれぞれ空(あ)いてる部屋へ案内した。

第10話　風邪(かぜ)

「どうやら、色々と迷惑をかけちゃったようだね……」

次の日の早朝。

すっかり酔いを醒ました学園長が、二日酔いによる気分の悪さに耐えながら申し訳なさそうな表情で居間のソファーに座っている。

「迷惑というなら、今もそうです。お客だからといって、ソファーを占領(せんりょう)していいわけじゃありませんよ」

ノワールは学園長に持ってきた水をわざとテーブルの端っこに置く。「端に寄れ」という意味だろう。

学園長は「はいはい！」とヤケクソ気味に答えながら、素直にソファーの端へ移動した。

「気分が落ち着いたら朝食でもどうだ？」

「ああ、ありがたいね、いただこう。それにしても……」

学園長は言葉をそこで一旦区切り、壁にかけた的でダーツをしている作務衣を着たおっさんたちや、食器を並べているペルディアたちに視線を向ける。

「……ずいぶん増えたね、いろんな人。しかも誰も彼もが尋常じゃない雰囲気を醸し出してるのは、僕の目が悪くなったとかじゃないよね？」

なかなか鋭い観察眼である。なんて返そうかちょっと悩んだ。

「そこはご想像に任せる。こいつらは学園とは関係ないが、ここに住まわせてもいいか？」

「もちろん。ただ、何かあったら君の責任だけどね。君が学生だろうと、僕はそこまで優しくないよ？」

「分かってる」

話がまとまったところで、ノワールとココアが食事を用意してくれる。

「執事が板に付いてるねぇ？」

「アヤト様の許可があれば、今すぐにお客様を塵一つ残さずに消すこともできますが？」

学園長が意地悪に笑い、ノワールは威圧的な笑みを浮かべた。

同じ笑顔でこうも違いが出るというのは、やっぱり面白い。

するとそこに、ユウキが眠そうに目を擦りながらやってきた。

「おはよー……」

「ん、おはよう。君も初めて見る顔だね？」

学園長がユウキの挨拶に返答したあと、そう言う。

聞き慣れない声に疑問を持ったのか、ユウキは眉をひそめ、目を細めて学園長を見た。

「えっと……ああ、おはようございます。ルビア、さんでしたっけ？　俺はアヤトの友人のユウキです……」

「学園で見たことがないということは、外でのお友達だね……まさか君もアヤト君みたいな非常識な力を持ってるのかな？」

いつも以上にヘコヘコと頭を下げるユウキに、下から覗くように疑いの眼差しを向ける学園長。

「ち、違いますよ！　持ってるには持ってるかもですけど、俺なんてアヤトに比べれば一般人ですから！」

学園長を視認してから、ユウキの視線はあちこち忙しなく動いていた。

「なんでそんなに挙動不審なんだよ？」

俺が尋ねると、ユウキは早歩きで俺の隣に来て肩を組み、小声で話し始める。

「だってどうすればいいんだよ！　実際こんな幼女っぽいとは思わなかったし？　なのにデカいところはデカいし！　ここまでリアルな合法ロリ巨乳なんて初めて見たからどう対応していいか分からねえんだよ⁉」

そう言いながら、ユウキはまだチラチラと学園長の方を見ている。彼女は目を閉じて慎ましやかに水を飲んでるが、きっとその視線には気付いているだろう。

「迷惑なら、やっぱり帰ろうか？　学園の責任者がここにいても落ち着かないだろ」

学園長が気遣ってそう言いだした。

「いや、大丈夫。ただユウキがむっつりスケベだったたって話なだけだから」

俺の発言にユウキが「ちょっと何言ってんの⁉」とツッコミを入れ、学園長は「おやおや～？」と言って嬉しさと恥ずかしさが入り混じった風に笑った。

よし、ここは学園長と喜びを分かち合っておくか。

「多少奇抜でも、学園長の見た目を好きになる奴はいるってことだ。やったな！」

「嬉しいようなそうでないような……とりあえず『奇抜』という君の意見については話し合う必要がありそうだね？」

顔を赤らめて乙女らしい顔をしたと思ったら、直後に額に青筋を浮かべる。器用だなぁ……

会話をしてるうちに寝てた奴らが次々と起きてきて、あっという間にほぼ全員が揃った。

学園長は一同を見回し、呆れた声を漏らす。

「改めてメンバーを見てみれば、元魔王のペルディアにSSランク冒険者のガーランドなど……なんで魔族大陸から帰ってきたお土産が、こんなサプライズなものばかりなんだ？」

「悪魔や竜もいるがな……」

「なんだって？」

「いや、なんでも」

ボソッと呟いた言葉は聞こえてなかったみたいなので、適当に誤魔化す。

「というか、名前を知ってるっていうことは、ペルディアと面識があったのか？」

そう聞くと、学園長とペルディアが顔を見合わせて同時に笑う。

「いつだったか二十年前の戦争の話をしただろう？　その時、共に行動した者の一人だからね」

「私も驚いたよ、二十年前と姿が何も変わってないから。最初見た時は娘か孫娘かと思ってしまった」

ペルディアが言うと、学園長はグリンと不気味な振り返り方をしてペルディアを見つめる。

肩が跳ねるペルディアを他所に部屋全体を見渡すと、あることに気付いた。

「どうした、アヤト?」

隣に座っていたメアが、俺の様子に気が付いて声をかけてくる。

仮とはいえ恋人になってから、メアは積極的に俺の近くに陣取り、甘えてくるようになっていた。

そのせいか、こうして普段と違う様子を見せたらバレることが多くなってきた。まぁ、隠すつもりもなかったから別にいいんだけど。

「ああ、フィーナは見当たらないなと思ってな」

フィーナは「人間大陸の暑さのせいで寝起きは汗を掻くから」と毎日欠かさず早起きして、朝風呂に入っていた。それなのに寝坊とは珍しい。

「ペルディアは見てないのか?」

「見てないな……二度寝したんじゃないのか?」

一度起きれば、少なくとも飯は食うはずなんだがな……

その時メアが袖をちょこちょこと引っ張ってきた。見ると、いじけるように口を尖らせている。

「彼女がいるのに、他の女のこと気にするのかよ?」

恋人の独占欲というのは地球でもよく見たことがあるから分かるが、こういう時にどういう返答をすればいいかは迷うところだ。

とはいえ相手はフィーナだし、メアの性格を利用してここは意地悪な言い方をしてみるか。

「フィーナを『他の女』として扱ってほしいのか？　仲間を蔑ろにするのが恋人ってんなら、俺ももう少し頑張ってみるが……」

「そ、その言い方はズルい……分かってるって！　俺だってフィーナのことは心配だしな」

「ん、メアはいい子」

会話を聞いていたらしく、向こうに座っていたミーナが近寄り、メアの頭をよしよしと撫でる。

昨日のミーナはなんだか不機嫌で、メアが一生懸命なだめようとしてたようだけど、今はもう大丈夫みたいだ。

二人ともまだ何か思うところがありそうだけど……ひとまずは気にしなくていいか。

朝食を終えたところで、俺とメア、ミーナとペルディアの四人はフィーナの部屋を訪れた。

「フィーナ？　起きているか？　何かあったのか？」

ペルディアに扉を数回ノックさせ、声をかけてもらう。その方がフィーナも答えやすいだろうと考えたからだ。

「……」

だが返事はなかった。中から人の気配がするため、フィーナがいるのは間違いないはずだが……

「──────」

「っ！」

耳を澄ませると、僅かに乱れた呼吸音が聞こえた。

フィーナの身に何か起きていると確信する。

「おーい、フィ──」

「邪魔するぞ」

もう一度声をかけようとしたメアを遮り、部屋の扉を勝手に開けた。

後ろから「あっ、おい⁉」と止めようとする声が聞こえるが、無視して入る。

部屋の中は電気が点いてなくて薄暗く、そこにはベッドから動かずに息苦しそうにしているフィーナの姿があった。

「フィーナ⁉」

部屋の電気を点けてそれを目撃したペルディアが、俺を追い越して誰よりも先に駆け寄る。

俺やメアたちもあとに続き、フィーナの周りに集まった。

「……あ、れ……ペルディア、様？　それにあんたたちも……一体何が？」

フィーナは自身に起こっていることが理解できてないようだった。

「待ってろ、今楽にする！」

俺はフィーナの苦しんでる姿を見たくなくて、すぐに治そうと回復魔術をかける。しかし――

「うぅ……ぐっ！」

治った様子は見受けられなかった。不発？

ならばもう一度と回復魔術を発動させるが、やはり効果はない。

回復魔術で治らない？　まさかそんなことが……

「なんで……なんでも治すんじゃなかったのかよ！　なんでだっ、クソッ!?」

「落ち着け、アヤト！　こういう時は専門家に診せるのが普通だろう……シャードを呼んでくる、待っててくれ」

ペルディアはそう言って部屋から出ていった。

その間も俺は頭が真っ白なままで、苦しみ続けるフィーナの顔から目が離せず、回復魔術も無意識に発動し続けていた。

「……アヤト？」

「どうやったら治る……？　万能かと思ってた魔術が効かないなら問題は……ダメージでもなければ状態異常でもない？　だとしたら何が……」

「アヤト！」

メアに呼びかけられていることにも気付かず、フィーナをどう治療すればいいかで頭の中がいっぱいになっていた時――

――パァンッ！

俺の頬に衝撃が走り、同時に破裂音のような音が部屋に鳴り響く。

ハッと正気に戻ると、俺の両頬には青い手が添えられていた。フィーナの手だとすぐに理解する。

「フィ……ナ……？」

「落ち着きなさいよ、バカ。いつも冷静にバカなことばっか言ってるあんたが戸惑ってたら、こいつらも不安になっちゃうじゃない……」

息をするのも苦しそうなのに、フィーナは無理矢理不敵な笑みを浮かべながら言った。

彼女は俺の顔からゆっくりと手を離すと、上半身を起こす。

「ここに住んでるメアやカイトたちは、化け物みたいな力を持つあんたがどっしり構えているから落ち着いてられるのよ。そのあんたがリナみたいにオドオドしてたら、おちおち寝てられなくなるわ……ゲホッ！」

「っ⁉」

フィーナが咳を一つしただけで、俺の思考は掻き乱された。

普段強気なフィーナがここまで弱ってるのを見ると、全身が強ばってしまう。

「……ハッ、無様ね」

俺の様子を見て、フィーナが嘲笑うように言った。

「女一人が寝てるだけで、何をそんなに焦ってんのよ……こんなのただの風邪よ、風邪！　……ゲホッゲホッ！」

「おい、フィーナ⁉」

心配して背中を擦ろうとしたら、フィーナは人差し指と中指を俺の顔面に突き立ててきた。丁度目潰しをするような形で。

反応が遅れたが、咄嗟に避ける。

「危なっ⁉　何やってんだよ、フィーナ……？」

驚いたメアが責めるような言い方で問い詰めるが、フィーナは溜息を吐いて呆れた表情になった。

「あのね、心配してくれるのは分かったけど、あんたら付き合ってんでしょ⁉　だったらシャードも呼んだんだし、あたしに構ってないで二人でイチャイチャしてなさいよ！」

「「おい」」

せっかく心配してやってんのにという気持ちが重なり、俺とメアが同時にツッコむ。

付き合ってるのがほとんど公になってるようなものとはいえ、こうも直接的にイジられるのには抵抗がある。

横にいるミーナからは「さすが、息ピッタリ」と拍手までされる始末だ。

「あんたらにはお互い構うべき相手がいるんだから、ただの風邪ごときであたしを心配してんじゃないっつってんの！」

「「だが断る！」」

またもや言葉が重なってしまった。何、もう俺たち以心伝心なの？

「たしかに俺たちは付き合うようになったが、それはそれ、これはこれ。仲間を蔑ろにはしないって、さっきメアと決めたからな」

「そうだぜ。むしろイチャイチャしながらフィーナの看病してやろうか？」

メアがニヒヒとイタズラっぽく笑うと、フィーナが二度目の溜息を吐いて笑う。

「ホントにやったら怒るから。あんたをアヤトの前に出られないような身体にしてやるわ」

「何する気だよ⁉」

いつものように会話をするメアたち。

しかしやはり本調子じゃないからか、フィーナは起こしていた上半身を寝かせたのだった。

「ふむ……風邪だな」

シャードがフィーナを診察した結果、風邪らしい。

診察の時にあまり人が多いと落ち着かないだろうからと、メアとミーナと、シャードを連れて戻ってきたペルディアは部屋を出ていって、この場には俺とフィーナとシャードの三人だけとなっている。

「本当にただの風邪か？　回復魔術が効かなかったが……」

「それもそうだろう。回復魔術で治せるのは体組織の損傷が基本だ。火傷はもちろん、毒も細胞を傷付ける原因として排除されるが、風邪は違う……と、そういえばアヤト君は魔力の概念がない『外』の出身だったな」

失念していたというように頭を掻くシャード。この世界以外の世界を「外」と表現してるのだとすぐに分かった。

「説明しておこう。我々の世界の風邪とは、体内にある魔力の流れが乱れて発熱などが起き、状態が著しく悪化することを指す」

「なるほど、異世界流の風邪か……治るのか？」

俺が質問すると、シャードは「ふむ」と顎に手を当てて考える。

「正直……難しいな」

「っ……!?」

そして、神妙な表情で寝ているフィーナを見てそう呟いた。

胸の鼓動がうるさいくらいに鳴る。

「難しいって……だってフィーナは『ただの』風邪って……？」

「風邪であることには違いない。だがこの風邪という症状は決して軽くない。もっと根本的な話になるが、我々は血液と同様に魔力の流れを循環させることで生きている。先ほどは『乱れる』と言ったが、仮にその流れが止まったり逆流したりすれば、最悪死に至る可能性も……」

「死」という言葉を聞き、俺は歯軋りをしてシャードの襟首を掴んだ。

「治す方法はちゃんとあるんだろうな？　俺は魔力に関する知識に乏しいんだ、あんたを頼りにするしか――あ？」

途中、何か違和感を覚えて言葉を止める。

最初こそ真剣な顔をしていたシャードだが、俺が彼女の顔を見続けていると、段々笑いだしそうな表情になっていた。

俺の背後でも「プププッ……」と布団に潜っているフィーナの笑いを堪えようとする声が聞こえている。これはまさか……

「お前ら……嘘ついたな……？」

冷静さを取り戻してようやく気が付いた。

「悪い、思いのほかアヤト君が本気にしてしまったものだから、つい……安心したまえ、『死ぬ』は冗談。風邪は寝れば治る程度のものだ。フィーナ君はすぐによくなる」

「……そうかよ」

いつもなら些細な言動一つで気付くはずの嘘を見抜けなかった自分のマヌケさ加減に呆れる。だが、今はそれよりフィーナの命に別状がないと知ったことに安心する。

ドッと疲れて、俺は大きく溜息を吐いた。

クソッ、冷静さを欠いてたせいで、こんな簡単な嘘にすら気付けなかったとは……

「ククク……あんたホントに……プッ！」

フィーナはフィーナで布団の中で笑って悶えている。ちくせう。

俺が騙されたことに笑うフィーナに若干イラッとし、こっちもからかってやろうか、なんてことを考え始める。

普通に煽ったりバカにするんじゃダメだな。言い返されて終わるだけだ。

なら……メアには悪いが、いつもと違うからかい方をしてみよう……いや、「からかい」じゃなく、素直な気持ちか。

「ああ、でもよかったよ、お前が大事に至らなくて……」

声色(こわいろ)をなるべく優しいものにし、フィーナのいるベッドに腰かけながら彼女の頭を撫でる。

「ちょっ――」

「フィーナが死ぬかもと思ったら、どうにかなっちまいそうだった……からかわれてると知った時も、怒りよりも先に安堵したしな。ああ、本当に……なんでもなくてよかったよ」

優しくされたフィーナは、ぎょっとした表情で一気に起き上がって抵抗しようとするが、そのタイミングで抱き寄せて抱擁(ほうよう)する。

「な、なななっ……⁉」

チラッとフィーナの様子を確認すると、本当に青肌なのかというくらいに顔を耳まで真っ赤にしていた。おーおー、恥ずかしがってる恥ずかしがってる。

間もなく罵詈雑言(ばりぞうごん)が来るだろうと身構えたが、フィーナは何かを口にすることもなければ動くことさえなかった。

それどころかフィーナは俺の首に腕を回して抱き着いてくる。あれ、思った反応と違うような……？

「あー、アヤト君。どうやら彼女のキャパシティが限界を迎えたようだ」

「あん？」

シャードの言った言葉の意味が分からず、フィーナの様子を確認しようとする。

意外と力強く抱き締められており、少し首を動かして彼女の顔を見ると、苦悶の表情で呼吸も辛そうにしていた。

「容態が悪化してる」

「……やべ」

俺が原因かは分からないが、からかったことに罪悪感。

反省して大人しくフィーナを寝かせようとすると、首に回されてる腕にさらに力が入った。

「……フィーナ？」

「風邪を引いた時は人肌が恋しくなるとよく言うしな。意識が朦朧としてるフィーナ君は、君と触れ合っていたいらしい」

そこら辺の感覚は俺の知ってる風邪と同じなんだな。

「つっても、彼女持ちの俺がいつまでもこうしてるわけにはいかないだろ。ペルディアとか、他の誰かを俺の代わりに呼んできてくれよ」

「ああ、分かったよ。それまでフィーナ君は安静にさせておいてくれ」

シャードがそう言って部屋を出たのだが……一時間ほど帰ってこなかった。

「クソ、シャードの奴……！」

やっと解放された俺は、廊下で一人愚痴を零していた。

「メアもメアだ。シャードの案に乗った挙句、面白がりやがって……恋人なら普通、あそこは引き剥がすのを手伝うところだろうがよ」

シャードが帰ってきたと思ったら、関係ない奴を何人か引き連れてメアと一緒に扉の外からニヤニヤしながら俺を眺めてやがった。あいつらの顔は今思い出しただけでも腹立つ。

「あ、兄様なの」

「です！」

歩いていたら、廊下でウルとルウに出会った。

ウルが俺を見つけて嬉しそうな声を上げ、ルウが笑顔で犬のように飛びかかってくる。

今朝も顔を合わせたというのに、久しぶりに会った時のような反応を見せるので、その初々しさに思わず表情が綻んでしまう。

「二人共、これから掃除か？」

異世界風、コードのない掃除機を持ったウルを見てそう聞くと、二人は首を横に振った。

「さっきまでそうだったけど、もう終わったの」

「ルウたちは今、休憩(きゅうけい)時間です！　……兄様も休憩時間です？」

「休憩時間……と言えばそうだな」

カイトたちの修業は午後からにしてあるし、あとで行こうかと思ってたギルドは、別に今行かなくてもいい案件だし。

ということでそう答えると、二人の目が輝き始めた気がする。

「じゃあ、兄様と――たいです！」

……え？

突然、ルウの声が歪(ゆが)んだ。

「なの。またあの――を――たちとしたいの」

そしてウルの方も。

二人の言葉の所々がノイズのようになり、まともに聞き取れなくなる。

その時、俺の身体から勝手に咳が出た。

咳は止まらず、視界までも歪(ゆが)み、平衡(へいこう)感覚があやふやになる。

たまらず、俺はその場で膝を突いてしまった。

「に――ま!?」

「どうし――様!?」

「ノワール――呼んで――！」

ウルたちの声が頭の中で無意味に響くのを感じながら、俺の意識はどんどん遠のいていった……

☆★☆★

「アヤトが倒れた」……その報せをルウから聞いたノワールは、焦りからか早歩きで主のもとへ向かっていた。

「アヤト様はここに？」

ノワールは一つの部屋の前で立ち止まり、一緒に付いてきているルウに問いかける。

ルウは今にも泣きそうな顔のまま首を縦に振った。

「ウルが兄様のお部屋に運んでいったです……」

ノワールは軽く頷いてから扉を開き、その先にあった光景に目を見開く。

「っ……アヤト様……！」

「兄、様……？」

ノワールたちが見たのは、ベッドに寄りかかるように倒れるアヤトと、床に転がるウル。

また、室内にはココア以外の精霊王たちも倒れていた。

「ウル！」

「ルウ……ノワール様……？」

ルウがウルに駆け寄って抱き上げ、ノワールは窓を開ける。

「この部屋には魔力がそのまま空気中に溢れているな。我々にとっても毒になる濃さだ。人間共を連れてこなくてよかったな」

「ノワール殿、これは……!?」

倒れている精霊王の一人、オルドラが言うことのきかない身体を必死に動かしながら問いかける。室内に漂う魔力の影響を受け、オルドラたちは倒れていたのである。

ノワールはオルドラをチラッと見て答えた。

「魔力の暴走……行き場を失ったアヤト様の大量の魔力が暴発し、そのまま外に出てしまったというところだろう。そしてそれが生物に及ぼす危険性は魔素の比ではない」

その時、部屋の入口から別の声が上がる。

「元々魔素っていうのは、当人の体内から放出された魔力の塊である魔法が霧散したものだけど、それを他の人が吸収すると拒絶反応が起きる……程度の差はあれど、それが今君たちの身体に起きてることとさ」

ノワールが振り返ると、そこにはシトが立っていた。さらに後ろには、チユキや作務衣の男や着物の女が付いてきている。

「なーんか不穏な感じがすると思って来てみたけど、カイト君を連れてこなくて正解だったみたいね?」

「おうおう、なんじゃこりゃ? 酷いというかなんというか、ずいぶん愉快なことになっとるのう?」

「フハハハハハハ! アヤト、貴様が無様を晒していると聞いて見に来てやったぞ!」

様々な反応をする彼らを、ノワールが睨み付ける。

「邪魔するつもりなら出ていけ。貴様らのお遊びに付き合うつもりはない」

「まぁまぁ……どちらにしろ、こうなったからには彼らの手も借りる必要があるからね」

そう言うシトの表情は笑みこそ浮かべてはいるものの、神妙な雰囲気をしていた。

「ノワール君、アヤト君と契約している君なら、彼が作った空間に入れるよね?」

「……何が言いたい?」

顔をしかめて問うノワールに対し、シトがいつもの無邪気な笑顔で言う。

「このままだと彼、この世界を壊すよ」

第11話　竜化暴走

「この世界を壊すじゃと?」

シトの言葉に作務衣の男が片方の眉を釣り上げて聞き返し、他の者も唖然として彼を見ていた。

ノワールが憮然として言った。

「冗談にしてもタチが悪いな、シト？　貴様の悪ふざけに付き合ってる暇はないぞ」

「あはは、初めて名前をちゃんと呼んでくれたね……でも、君だって今言ったことが冗談じゃないって理解してるんでしょ？」

シトの言葉に顔をしかめるノワール。

「シト様、アヤト殿の状態は一体……？」

するとオルドラがフラフラになりながらも、立ち上がって言う。

「簡単に言えば魔力の暴走だね。原因は『契約の過多』。精霊王に悪魔、さらに不完全だった黒神竜との完全契約を成してしまい、挙句の果てには昨日の魔王化……これだけ強大な者たちを従えるだけの器が、たしかに彼にはある。だけどその器に限度があるのもたしかだ。今は魔力が器から漏れている状態なんだよ」

シトが説明している間に、ノワールはアヤトの肩を支えて立ち上がらせ、空間に裂け目を作る。

しかし、それは腕が入るくらいで、人が通るには小さすぎた。

「っ……まさか入口を開く段階ですら抵抗されるとはな！」

ノワールは苛立ったように言いながら、小さく裂けた場所に手と足をかけて無理矢理こじ開けた。

「わおっ！　私が見たこともない力業をするノワちゃん♪」

チユキの煽りを無視し、ノワールはアヤトを連れて強引に広げた裂け目の中へ入っていく。

そして、そこで見た光景に驚愕した。

今までずっと晴れていた魔空間の空が雲に覆われており、雷鳴が轟いている。また、所々の空間が裂けており、まさに異常な天候となっていた。

「……これもアヤト様の状態が関係しているのか？」

「うん、ここはアヤト君という存在を表している場所だからね。彼の感情が著しく高まれば、それに見合った天気に変わる。号泣するほど悲しければ雨が、怒りで我を忘れてしまえば嵐が……とはいえ、そうそう変わるものでもないんだけどね。今回はそれだけの事態だってことだよ」

ノワールが疑問を口にすると、あとから入ってきたシトが説明した。シトだけでなく、チユキや作務衣の男、着物の女も付いてきている。

チユキが気を失っているアヤトに顔を近付ける。

「にしても凄い場所ね～？　私たち悪魔だってこんな広々とした空間を作ることなんて不

可能なのに、人一人が実現しちゃうなんて……本当に人間なのかしら、彼？　シトちゃんのお友達ってことはないの？」

ニヤリと笑ってシトを見るチユキ。それは暗にアヤトが神の部類ではないのか？　と聞いていた。

「人間だよ、彼は。そして彼の存在は、人間にはそれだけの資質があるっていう証明にもなる。ノワール君たちは人間を取るに足らない存在だと見下しているけれど、君たちが尊敬しているアヤト君もまた、ただの人間だってことを忘れちゃいけないよ」

「……」

ノワールは複雑な表情をしながら、肩に担いでいるアヤトを見る。

すると、アヤトの身体がピクリと僅かに反応した。

「アヤトさ――」

――ブチッ！

アヤトの姿が瞬時に消え、同時に目の前にいたチユキの頭とノワールの右腕が消失した。

ドサリとチユキの身体が崩れ落ちる。

「なっ……⁉」

その音でハッとしたノワールが、ようやく何が起きたかを理解する。

ノワールたちの正面、少し離れた場所に、アヤトがチユキの頭とノワールの右腕を持って佇んでいた。いつの間にか、黒神竜の籠手を装備している。

「ノワール！」

状況を把握し切れていない作務衣の男が叫ぶ。その時には既にチユキの頭部は再生しており、ノワールと肩を並べていた。

「アハッ、油断しちゃった……ってわけじゃないわね。今の動きは、何されたかも分からなかったわよ？」

「……みんな、遊びもここまでみたいだ。そろそろ本番だよ」

シトがそう告げた瞬間、その場の全員がアヤトの身に起きていた変化に気付く。

「なんだ……あの目は……⁉」

アヤトの瞳の形が、竜のソレに変わっていた。そしてそれに伴うように彼の右手部分が徐々に変化していき、右上半身だけを覆っていた黒神竜の籠手が全身を包む鎧と化してしまう。

さらに変化はそれだけに留まらず、片目から血が流れ、背中から羽が、腰からは尻尾が生えた。

『オオォォォォォォッ！』

「「っ⁉」」

アヤトの口から出たのは、もはや人間が発するものではない竜のような咆哮だった。

「ふん、人間が我らの真似事か？　その小さな身で竜を名乗るなど、片腹痛いわっ！」

着物を着た女は鼻で笑いながら、自らを竜の姿へ変貌させる。

「お、おい、白竜王……？」

作務衣の男が止める間もなく、白竜は姿が変わってしまったアヤトに向けて飛んでいった。

シトは笑いながら口を開く。

「ハハッ、相変わらず早とちりだな～……ま、今回はそれで正解だけど。君たちも彼女みたいに本気でやっちゃっていいよ」

「お前さんまでもか⁉　人間相手に本気を出せと――」

作務衣の男がその先を口にする前に、アヤトに向かった白竜が吹き飛ばされて帰ってきた。

「彼を人間と侮ってたら、君もノワール君たちや彼女みたいになるよ？」

「お、おう……」

作務衣の男が視線をノワールたちの方へ向けると、チユキが自分の身体を溶かし、ノワールのなくなった肩に肉体の一部を移しているところだった。

「これで大丈夫なはずよ。だけど自分の一部がこんなに簡単にも移植できるなんて、やっぱり親子なのね私たち？　クフフフフ……」

「遺憾以外のなんでもないがな。しかし今は感謝しよう、白」

ノワールが言うと、チユキは頬を膨らませてジト目でノワールを睨む。

「ちょっと～、私も名前を貰ったんだから、そっちで呼んでよ！　あっ、それかお母さんでもいいわよ？　クフフッ！」

「死んでも断る」

「やれやれ、緊急事態でもユーモアを忘れない子たちだね……」

「まったくだ……さて」

作務衣の男が一歩踏み出し、白竜と同様に自身の姿を黒い竜へ変えた。

『あいつの弔い合戦と行こうか！』

『おい、貴様！　その弔いとは我のことか⁉　勝手に殺すな！』

吹き飛ばされた白竜も起き上がり、体勢を立て直しながら言葉を続ける。

『クソ、相変わらずバカみたいな力だ。しかも前よりも強力になってるぞ』

『おいおい、勘弁してくれ。タフなお前さんが音を上げるような攻撃を、ワシは食らいたくないんだがな……』

黒竜が舌を出して「うへぇ……」としていると、アヤトにさらなる変化が表れる。

『う……ぐぁァァ……⁉』

アヤトが頭を抱え、突然苦しみ始めた。

『苦しんでる……？』

『なんだ、もう終わりか？』

黒竜と白竜が顔をしかめて疑問の声を上げる。

しかしアヤトは落ち着くどころか、身体がどんどん膨張（ぼうちょう）していった。

全身の形状が禍々しいものへ変わっていき、左右の脇腹に二本ずつ、計四本の新たな腕が生える。

アヤトの全長はあっという間に黒竜たちを上回（うわまわ）り、ヘレナが竜化した姿と同等の巨体となった。

『ハァァァァァ……！』

竜に変身したアヤトが息を吐き、目の前の竜二匹へ敵意を向ける。

『冗談じゃない……人間が竜化だと⁉』

『しかもこの威圧感、ヘレナと同等以上のものを感じるとは……ハハハッ、こりゃ参った』

黒竜が笑って自分の頭をペチッと叩く。

その横では、軽い調子の黒竜に苛立った白竜が血管を浮き立たせていた。

次の瞬間、竜化したアヤトは六本の腕に黒い刀のような武器を出現させて握り、戦闘態勢を取る。

『ハッ、竜の姿をしながら人の真似事か？　どこまでも中途半端な化け物だな、貴様は！』

白竜が皮肉を口にして飛びかかった。黒竜もあとに続く。

向かってくる竜二匹に、アヤトは手に持った武器を振り回した。

「うわーお♪　これ、カメラ回したら男の子が食い付く画になりそうだね？」

「おい、神。ずいぶん余裕そうだが、アヤトを元に戻す方法はあるのだろうな？」

睨んでくるノワールの視線を受け流して、シトは涼しい笑顔で答える。

「もちろん！　というか、もう既にアレがそうなのさ」

シトがダボダボの袖の中から、アヤトの周りで白竜たちが飛び回り攪乱している光景を指差した。

「ひたすらに消耗させること。もっと正確に言えば、限界までアヤト君の魔力を使い切らせればいいのさ！　しかも今の彼は六本の腕に慣れてないみたいだし、消耗させるには絶好のチャンスってわけ。ということで……」

シトはそう言うと、指差していた手を広げる。

すると、竜化したアヤトの周囲の空間に金色の光が複数発生した。

そこから黄金の巨大な鎖が伸び、アヤトの手足胴体に絡み付いて拘束する。

「僕たち神が作った特別製の鎖だよ。本当は同じ神相手にしか使っちゃいけないんだけどね……君だけの特別だよ♪」

シトはそう言って、アヤトに向けてウインクをする。

『オオォォォォォッ！』

アヤトは黄金の鎖をギシギシと鳴らしながら顔を上に向け、高らかに咆哮した。

それは衝撃波となって周囲に襲いかかる。

「「フッ」」

ノワールとチユキは同時に黒い壁を出現させ、さらに表面を氷で覆って防御した。

「神が干渉できるのはここまでだ。あとは君たちに任せるしかない」

肩を竦めて言うシトに、ノワールは怒りで目を黒くしてシトを睨む。

「直接手出しはできなくとも、ヘレナ一匹を呼ぶくらいできるだろ？　崇められるだけの存在であれば、少しくらい役に立て。さもなければアヤト様を向こうの世界に戻すぞ？」

「慕ってくれてる従者に脅しの道具にされるアヤト君……可哀想に」

ノワールとシトのやり取りにケラケラと笑うチユキ。そこに緊張感など微塵もない。

その時、ヘレナとウルとルウがやってきた。ウルは先ほどまでぐったりしていたが、少し休んだからかピンピンしている。

「解。アヤトの異変を感じて来ました。どういう状況なのか説明をよろしくお願いします」

「手間が省けたか」

呆れたように呟いたあと、ノワールはヘレナにアヤトが竜化した経緯などを掻い摘んで教えた。

「了。変な感じがすると思って駆け付けましたが、こんなことになってるとは……ともあれ、アヤトを攻撃すればいいのですね？」

「極論、そういうことになるね。彼を刺激して魔力を使い続けさせれば、いずれ元に戻るさ」

シトの言葉に疑問があったのか、ヘレナは首を傾げる。

「問。それはどのくらいやればいいのですか？」

「うーん、そうだね……」

空で白竜たちが火を吐き、それをアヤトが魔法陣を展開して防いでいる光景を見て悩むシト。

「このまま何もしなければ最悪一ヶ月近くはかかるだろうね。だけど僕の鎖は拘束するだけじゃなく、魔力も吸い取ってるんだ。そこでさらにみんなが全力で攻撃して消耗させてくれれば、今日か明日には終わるよ、きっと！」

微妙に自信がなさそうな言い方をするシトに、ノワールとヘレナがジト目で彼を睨む。

「……いやまぁ、僕たちの頑張り次第だから、そこは……できるなら精霊王たちの力も借りたいところなんだけど、今はまだ無理そうかな？」

「告。もう少しで行けるとの言伝を預かりました。彼らが来るまで少しでも削っておきましょう」

ヘレナはそう言うと翼と尻尾を生やし、黒いオーラを身に纏う。白竜と戦った時にも使った「ブラックバースト」である。

「じゃ、あとは任せたよ」

ヘレナはシトの言葉に答えないまま飛び、ノワールとチユキは空間に裂け目を作って移動した。ウルとルウも、やや遅れながらも凄まじい勢いでアヤトに向かって走りだす。

「あなた様が相手ということで、命を奪う気で行かせていただきます」

アヤトの目の前に移動したノワールが言い、同時に彼の影が濃くなりアヤトに向かって伸びる。

それはみるみるうちにアヤトの身体に絡まり、虎模様のように広がっていった。

『グォォ……ォォォ……!?』

ノワールが伸ばした影は、アヤトの肉に食い込む勢いで締まっていく。

「クフフ、大きな的ねぇ？　当て甲斐があるわ♪」

続いてチユキが、アヤトの頭上に巨大な氷塊を出現させて落とした。

アヤトは自らに放たれた自身と同じ大きさの氷塊を防ごうと、いくつかの魔法陣を展開する。

その魔法陣は何かを放出するのではなく、身を守る盾としてそのまま氷塊とぶつかった。

魔法陣とぶつかった瞬間、氷塊は形を変え、魔法陣ごとアヤトの巨大な竜の身体を包み込んで凍らせる。

身動きの取れなくなったアヤトに向け、身体能力を上げたヘレナが氷で覆われていない顔面を殴り付けた。

『ガッ――――』

大きくのけぞったアヤトを追撃すべく、ウルとルウが大きく跳躍した。

それぞれ大きな魔法陣を出現させ、ルウには炎を纏った巨大な土の腕、ウルには電気を纏わせた水の巨大な腕が形成される。

ウルとルウは力を合わせ、巨大な腕でアヤトの首を絞めた。

『ガ……アァ……!?』

「うわぁ、エグいね……たしかに消耗させるのが目的だから、打撃を一発打ち込むより継続的に苦しめる方が効果的ではあると思うんだけど……それを実践しちゃうのは、幼さ故の残酷性というのだろうね」

苦笑して独り言を呟くシト。これ以上手を出せないもどかしさからか、シトは独り言で気を紛らわせようとしてるようにも見えた。

『グオオォォォォォォッ!!』

瞬間、ほとんどされるがままだったアヤトが動きだす。

体温を急激に上げてチユキの氷を溶かし、がむしゃらに動いた反動で六本の腕を繋ぎ止めていた黄金の鎖の一本が切れた。

「おおっと⁉　予想以上に抵抗力があるね。このままだとそんなに持たないかもしれないなぁ」

未だ笑みをたたえていたシトだが、冷や汗が垂れて余裕があまりないようだった。

「シト様！」

そこにココアが声を上げ、ダウンから回復した精霊王七人全員がシトの前に並ぶ。

さらにその後ろには、ランカがぬいぐるみを抱いて立っていた。

「ああ、いいところに……君たちも彼を食い止めるのに力を貸してくれるかな？」

「彼、というとやっぱりあの竜のような姿をしたお方は……」

「え、なんです？　アヤトが大変だというから見に来たんですが、あの腕が無駄に多い竜は一体……まさかアレ、アヤトですか⁉」

動揺するココアの横で混乱しているランカに、シトがいつもの笑みで「正解！」と答えた。

「命名するのなら、『竜化暴走』かな？　色々と詰め込んだ結果がアレさ」

「詰め込んだ……ということは、私たちとの契約はやはりアヤト様にとって負担になっていたのでしょうか……？」

泣きそうな顔で心配するココアに、シトが「いや」と言って言葉を続ける。

「それを言うなら、ノワール殿との契約や魔王化にも原因があるだろう。わしらだけの問題だったのなら、もっと前に暴走しとるだろ。そう気を落とすな、ココア」

「あれ、魔王化もってことは……私にも少なからず責任が？」

ランカの言葉に肯定はないものの、否定もなかったため、彼女の青い顔がさらに青くなる。

「ま、それを言ったら、この世界に彼を呼んだ僕が一番の原因なんだけどね。決められた運命なんてのはないけれど、彼の体質上いつかこうなる運命だったんじゃないかって思えてしょうがないんだ。ホント、子供たちの言う通り、神という存在が万能だったらよかったのにね……」

いつも笑みを絶やさなかったシトが、初めて落ち込んだ表情を見せた。その顔を見て、それだけ異常事態が起きているのだと、精霊王たちとランカは気を引き締める。

「では私たちのやるべきことは……」

「彼に殺す気でダメージを与えてくれ。どうせ今の彼には、それくらいが丁度いいだろうしね」

「殺す気、ですか……」

ランカが戸惑った様子でアヤトを見上げる。腕の一本が鎖から解放されたことにより、暴れ方により一層拍車がかかっている。ランカはそれを見て、悲壮感に満ちた表情になった。

「傷すら付けられる気がしないんですが……というかなんですか、アヤトの周りに浮いてるあの魔法陣？　竜の炎を当然の如く防いでるじゃないですか！　本格的に人間やめてどうするんです……」

「そういうわけでランカ君、君には僕の与えた力を発動することを許可する！」

精霊王がアヤトに向かったあと、シトがビシッとランカを指差す。

「ほう……ということは、封印されし私の本当の力を発揮してもいいと？　やっぱりなしっていうのは受け付けませんからね！」

ランカはそう言うと左目の眼帯を取る。

隠れていた彼女の瞳は、金色に輝いていた。

「己の目を、限界量の何倍もの魔力を貯め込めるように改造する……最初に聞いた時は頭がおかしいのかと思っちゃったけど、実物を見てもやっぱり頭がおかしくて背筋がゾッとするね♪」

「笑顔で酷いこと言わないでくださいよ！　……そもそもあなたがくれた力が大きすぎて、私が所有できる魔力限界量を超えてたのが問題だったんじゃないですか！　この身に余る力を使うためにここまでしたんですから、ちょっとは褒めてくださいよ」

口を尖らせてブーブー文句を言うランカだが、すぐに神妙な顔付きになってアヤトの方を向く。

「十分だけ時間を稼いでください。それまでには間に合わせますので」

「うん、期待してるよ、ランカちゃん……」

シトの言葉と共に、再び黄金の鎖が一本千切れる音が鳴り響く。自由になった部位が増えた分、アヤトの暴れ方が激しさを増し、他の黄金の鎖にもヒビが入った。

予想よりも早く鎖が千切れそうになることに、焦りの表情を見せるシト。

「うーん、他の神様と一緒に作った鎖なんだけど、こうも簡単に壊されていくと自信がなくなるなぁ……あとで怒られるかもだけど追加で、と」

シトがもう片方の手をアヤトの方に向け、また複数の鎖を出した。そのうちの何本かは先端が杭になっており、アヤトの手足に刺さり食い込む。

『ッ……ガアァァァァアッ！』

痛みで苦悶の声を上げたアヤトは、シトたちを睨み、大口を開けて光を集め始めた。

「あっ、やっぱり僕が鎖を出したってバレちゃった？　マズいよね、これ……」

シトが苦笑して同意を求めるようにランカを見ると、彼女は既に、集中するために目を閉じながら独特な呪文を唱え始めていた。完全に自分の世界に入っている。

「終わりは始まりとし、破壊を創造の糧とする。表が裏であるように、裏は表である。原初から存在したそれは最後を迎えさせるための者。美しきその白い鱗は世界を白紙に戻す象徴――」

唱えているうちに、ランカの身体が黒く、しかし煌びやかに発光し始めた。

「みんなー、ちょーっとこの哀れな神様と幼女を助けてくれないかなー、なんて……」

アハハと乾いた笑いを浮かべ、誰かに聞こえるはずもない大きさの声で呟くシト。

「させません！」

アヤトが口から何かを放出する直前、ココアの叫びを合図に、シトたちの目の前に薄いガラスのような板が出現する。

板はアヤトが吐き出した火球を、彼自身へ撥ね返した。

火球は自らを守る魔法陣を破壊し、胸の肉をドロドロに溶かすほどのダメージを与える。

「おいおい、なんて技を僕たちに向けてるんだ……」

悲痛な叫びを上げるアヤトを見ながら、シトが呟く。

「申し訳ございません、アヤト様……ですが、ここは心を鬼にさせていただきます！」

「ココアは怒ると本当に鬼になるからな。覚悟しとれよ、アヤト殿」

「そうだそうだー！　ココアは怒ると怖いんだぞ！　一人で精霊王全員分を名乗れちゃうレベルでなんでも魔法使うし、私たちって必要ないんじゃない？　って思っちゃうくらい強いんだからねっ！」

「あなたたち……？」

オルドラとアルズに散々な言われ方をされたココアは二人をギロリと睨み、あまりの形相に「ひっ⁉」と悲鳴が上がる。

他の精霊王、ルマやオドはそんなやり取りを見てやれやれと首を振り、シリラは無邪気に笑う。

「でも見た感じ、ノワールさんやチユキさんの攻撃もそんなに通ってない感じだしー、ランカちゃんも切り札を持ってるみたいだし、僕たちもシト様みたいに拘束するのに集中した方がいいんじゃないかなー？」

キースの発言にココアが気を取り直す。

「……そうですわね。ランカ様にはシト様から授かった力があるとのこと。さっきの反射板が再び上手くいくとも限りません。ですので、彼女に賭けましょう」

ココアがそう言うと、他の精霊王は頷いて散らばり、アヤトを囲む。

「まさか契約の証をこんな形で使用することになるとは……精霊結界」

『ガッ……アアアア……！』

ココアの呟きと同時に、六芒星の形をした魔法陣がアヤトの身体を中心に広がる。それはアヤトの身体の自由をほとんど奪う魔術だった。

「精神干渉」

『ッ……⁉』

再び呟くココアの目尻の横に、血管のような筋が浮き上がる。

肩から下が動かせなくなっていたアヤトは、僅かに動かしていた頭部すらも固まってしまった。

「拘束状態からの精神攻撃とはな……」

「アヤト様に唯一付け入る隙があるとすれば、精神くらいですから……」

そう言う間にも、ココアはアヤトから目を逸らさず、集中していた。

ココアの試みは一見上手くいっているようにも見えたが……

『……』

「えっ……？」

たった今まで獣のようだったアヤトの気配が突然落ち着いたものへ変わり、厳格な雰囲気を漂わせ始め、同時に浮かび上がっていた六芒星が消失する。

纏う空気も凛としており、その佇まいは普段アヤトが真剣に修業している時などと酷似していた。

『何を戸惑っている？　こんなものただのハッタリ――』

意気込んでアヤトへ挑みにかかる白竜。

その瞬間、動けないと思われていたアヤトが黄金の鎖を複数同時に引き千切った。

そして噛み付こうとしていた白竜の顎を右手で下から殴り上げ、自由になった左足で回転蹴りを見舞わせる。

『……カハッ⁉』

攻撃を食らった白竜は血反吐を吐き、縦回転しながら彼方まで吹き飛んでいった。

『ババア⁉　クソッ……！』

事態を重く見た黒竜が、舌打ちをしながら打って出る。

尻尾で薙ぎ払い攻撃をするが、アヤトは左腕を回転させて攻撃を受け流す中国武術の動き、すなわち化勁でそれを無力化する。そして腕に持っていた武器を全て消し、右腕の一本で黒竜の首を絞め、残り二本で打撃を与えた。

殴られた黒竜はくの字に曲がって吹き飛び、シトとランカの真横に倒れ込む。

「あぁっと、飛ばされるならもうちょっと離れた場所にしてくれない？」

『無茶を……言ってくれるな……！』

黒竜は頭を振りながら起き上がろうとする。

『なんじゃ、あいつ……まるで思い出したみたいに人間の如き戦い方をしおるわ』

「『みたい』なんじゃゃなく、実際に思い出してるんじゃない？　まだ鎖に捕らわれているにもかかわらず、最小の動きで最大の火力を放つ……アヤト君らしい戦い方になってきたって感じだね。このままだと厄介なことになるんだけど……ランカちゃんはまだかな?」

シトがランカの方をチラッと見る。

「——世界をも呑み込み神をも黙らせるその力を顕現せよ……『世界蛇ウロボロス』!」

ランカは閉じていた目を開き、ニッと不敵に笑った。

同時に、アヤトの足元に緑色の魔法陣が浮かび上がる。

「各自撤退ー！　巻き込まれたくなかったら、みんな逃げた方がいいよー！」

シトが大声を出して警告する。しかし全員が動きだす間もなく、アヤトの下から大量の白いモノが溢れ出して一瞬で空を覆い尽くしてしまった。

第12話　世界蛇

『アアァァァァァァ……』

人間の怨嗟を連想させるような、おぞましい声が辺りに響いた。

ランカに召喚された白い「何か」……ウロボロスと呼ばれた、空を這っているそれらが声を発していた。

黄金の鎖から既に解放されている竜化したアヤトは、その異様な光景を見上げたまま動かず、シトたちもまた一箇所に集まってウロボロスを見る。

「怖い……怖いです……!?」

「アレはなんなの……!?」

ルウとウルがノワールの後ろに隠れながら震え、アルズたちもココアやオルドラの後ろに回って怯えていた。

「世界をも呑み込んでしまう蛇、ウロボロス。僕が大昔にランカ君へプレゼントした力さ」

「呼んどいてなんですけど、なんでこんな禍々しくて危険そうなものを私に渡したんですか!?」

シトの言葉にランカが大声でツッコミを入れてる間にも、空を覆う白いモノの動向が変化する。

モゾモゾと動き始め、空に巨大な蛇の顔が生まれたのだ。

「まぁ、僕がその時に何を考えてたかなんてもう忘れちゃったけど、忘れるくらいどうでもいい理由だった気がするよ。もしかしたら酔った勢いだったのかもね」

クスクスと笑うシトに、呆れた表情になるノワール。

「あとからノコノコとやってきてこの世界を変革させた貴様が、その世界を滅ぼす力を一人の魔族に譲渡するなど、正気の沙汰とは思えないな」

「アハハッ、かもね。だけど、そのおかげで僕の神様友達の目を掻い潜ることができたとも言える。アヤト君を止めるためとはいえ、ウロボロスを使うなんて言ったら、きっと他の神々から反対されただろうし……ホント、ランカちゃんがアヤト君の優しさに篭絡されてくれて助かったよ」

「それ褒めてます？　バカにしてます？」

ランカは額に青筋を浮かべてシトを睨んだ。

緊張感のない会話をしてる間にも状況は変わり続け、ウロボロスがさらに大きくなる。全長は既に竜化しているアヤトを大きく上回っており、白い皮膚と赤い目をしていた。

その時、アヤトがまた大きな翼を広げて飛んだ。その身体にあったはずの杭を打ち込まれた傷は、元からなかったかのように消えている。

『『――――ッ！』』

双方が同時に咆哮した。耳をつんざく鳴き声は衝撃波を生み、周囲を無差別に破壊する。

「ぐおっ⁉　鳴き声だけでこんな……」

黒竜から人の姿に戻った作務衣の男が耳を塞ぎながら言う。彼だけでなく、白竜も人間の姿になっていた。

「……まさかこの私が、アヤト様以外に無力感を覚えることになるとはな。これが、貴様が気まぐれで与えた力か」

ノワールが感心とも呆れともつかない感情をした目をシトに向ける。しかし、彼はそれをなんでもないように受け流した。

「さてさて、神のみぞ知るなんて言葉があるけれど、ここからは神すら予想ができない。残念だけど、もう僕たちにできることは何もないよ。あるとすれば、この結果を見届けることだけだ」

「シト様、これでアヤト様は元に戻るのでしょうか……？」

心配そうに見上げながら聞いてくるココアに、シトは肩を竦めて答える。

「言っただろ？　もうどうなるか分からない。ウロボロスは切り札なだけあって、やりすぎて彼を殺してしまう可能性だってあるんだけど……」

「なっ……!?　でしたらその前にあの蛇もどきを戻せないのですか！」

ココアが憤慨してランカを睨むと、ビクッとして怯えてしまう。

「い、いや、それはちょっと……召喚された存在が自ら帰りたいと思わない限り、召喚した時と同等の魔力を使って強制送還するしかないのですが……そのための魔力がもう私にはありません」

「なんということ……！」

ランカの言葉を聞き、その場で崩れるココア。

それを見たシトは「まぁまぁ」と、落ち着かせようとする。

「とは言っても、『ああ』なったアヤト君がそう簡単に負けるとも思えない……いや、負けないよ。何せ、僕が別の世界から呼んだ最強なのだから」

『オオォォォォォッ！』

シトの言葉に呼応するようにアヤトは咆哮し、同時にウロボロスが彼に襲いかかった。

アヤトも瞬時に、両手のそれぞれに武器を作り直して迎え撃つ。

巨体に似合わず俊敏な動きを見せるウロボロスだが、アヤトはその動きを見切って側面から来るソレを真っ二つに斬った。

しかし、ウロボロスの尻尾側の切断面から、新しい頭が再生した。二体になったウロボロスが、再びアヤトに襲いかかる。

斬撃が効かないと判断したのか、アヤトは武器を消してそれぞれの頭部を殴った。

すると、上空の白いモノからさらに複数の頭が作られ、アヤトの胴体の至るところに噛み付く。

対してアヤトは狼狽することなく、噛み付いてきているウロボロスの頭を掴んで引き千切った。

だが白いモノからは次々と巨大な蛇が作り出され、アヤトの身体を埋め尽くすほどに噛み付いた。

「アヤト、様……」

劣勢に見えるアヤトを心配するココアが目に涙を浮べ、祈るように手を合わせて見守る。

そうしている間にも噛み付いていたウロボロスの群れはグルグルと胴体に巻き付き、アヤトの姿はもう見えない。

それを見たウルとルウがシトの身体を揺らす。

「兄様が！　兄様が！」

「食べられちゃうです！」

「大丈夫だよ、みんな」

シトは具体的な根拠もなくそう言って、二人の頭を撫でて落ち着かせようとした。

次の瞬間、アヤトを取り巻いていたウロボロスが一斉に燃えだす。

『グオォォォォォッ!!』

『アアァァァアァア……!?』

互いの咆哮と悲鳴が木霊し、ウロボロスの拘束が緩む。

一瞬ののち、ウロボロスの身体が細かく切り刻まれバラバラになった。

アヤトの手には再び武器が握られていた。手足がいくつかなくなっていたが、すぐに再生する。

そのままアヤトは飛び上がり、上空の白いモノを攻撃し始めた。

攻撃の途中で作り出されたウロボロスの頭に頭突きされて地面に落とされるが、その頭もまた切り刻んで再び飛んで白いモノを攻撃する。

それを数回繰り返したところで、ウロボロスが今までより一層巨大な頭を作り出して、アヤトを呑み込んでしまった。

「……ありゃ？」

すぐに出てくるかと思いきや、呑み込まれたアヤトは動きを見せない。

ウロボロスは、シトたちを次の標的とするべく睨む。

「え……待ってください！　アヤトさーん⁉　焦らさないで助けてくれると嬉しいんですけどぉー⁉」

アヤトすら呑み込んでしまった巨大なウロボロスの威圧に当てられたランカが、涙目で足をガクガクとさせ、腰を抜かしてその場に座り込む。

『アアァァアァアァァァアアッ！』

「「ひっ⁉」」

ウロボロスが大口を開けてシトたちに襲いかかろうとし、ランカとウルとルウがお互いを庇うように抱き締め合う。

その時、ノワールが空間に裂け目を作り出し、ランカたちをまとめてその中へ放り込んだ。

そしてノワールはヘレナと同時に飛び上がり、ウロボロスを蹴り飛ばす。

「告。ナイスコンビネーション」

「黙れ。そんなくだらないことを言ってる暇があれば主人を救出する方法を考えろ！」

いつもの軽い調子でサムズアップするヘレナに、ノワールは苛立って声を荒らげる。

「解。しかし今の一撃でもダメージはあまり与えられていないようですが……」

ヘレナの言葉通り、力強く蹴り飛ばされたにもかかわらず、ウロボロスは変わらず自分に攻撃を加えた二人を睨む。

ウロボロスが口を開けてヘレナたちに迫った。

呑み込まれる直前、ヘレナがノワールを抱いて高速で移動して避ける。

さらに「ブラックバースト」を使用し、複数のウロボロスの猛攻(もうこう)を掻い潜(くぐ)って逃走した。

「っ……警。ヘレナのトップスピードが追い付かれそうです……！」

だが、ヘレナは僅かに速さで負けていた。それを見兼(みか)ねたノワールが、ヘレナの肩に手をかける。

「トカゲ、私を投げ付けろ。空間魔術を使ってる状態の私はただの役立たずだ。貴様に庇われるくらいなら、死を覚悟して――」

「否。ダメです、アヤトを慕うのなら、あなたは生きなくてはなりません。この場はなんとしてでも……」

ヘレナはそこで言葉を切り、スピードを落とさずに反転して口から青黒い光線を放出した。

彼女らを追いかけていたウロボロスの大多数はその高熱でドロドロに溶けていくが、唯一アヤトを呑み込んだ頭だけは効いた様子もなく、ヘレナたちに突っ込んでくる。

「チッ！」

ノワールは舌打ちしてヘレナを足場に飛ぼうとしたが、ウロボロスの動きがピタリと止まった。

「「……？」」

何が起きたかと二人が戸惑っていた次の瞬間、ウロボロスが内側から弾け飛んだ。

体内からウロボロスの体液塗れになったアヤトが、いくつもの武器を自らの周囲に浮かせた状態で現れる。

数人が歓喜の声を上げる中、アヤトは空を見上げて黒い炎の玉を口から吐き出す。

それはとても大きいと言えるものではなかったが、空を這う白いモノにピトリと当たると瞬く間に青黒い炎が広がった。

『アアァァアァアッ⁉』

上空から悲鳴が上がる。炎は空に広がるウロボロスを丸ごと包み込む勢いで燃え盛り、白いモノからポトポトと雨のように何かが降り注ぎ始めた。

シトが地面に落ちたものの一つを見下ろす。

転がっていたのは、僅かに皮膚を焦がした小さな白い蛇だった。

「……白蛇の雨、か」

そう小さく呟いたあと、シトは空に滞空するアヤトを、そして青黒く燃え広がるウロボロスが支配する空を見上げる。

「まるでこの世の終わりみたいだ。もしこんなことを僕の世界でやられたら、ひとたまりもなかっただろうね」

シトはしばらく神妙な表情を浮かべていたが、最後にはホッとした表情になった。

やがて、空を覆っていた白いモノが消失し、エメラルド色をした大きな球体だけが空に浮かぶ。

「あれは……」

「ウロボロスの核、心臓だね。やっぱりアレでもアヤト君には勝てなかったか……うーん、さすがに強いね！」

ココアの呟きに、いつもの調子で笑って答えるシト。アルズやルマなどは、ウルやルウやランカと同じく既にノワールが残した裂け目の中へ退避している。その場に残っていたのは、シトとココアとチユキ、オルドラや作務衣の男と着物の女に加えて空に飛んでいるヘレナとノワールだけとなっていた。

「楽しそうじゃのう、お前さんは？」

「まったく、迷惑な存在を連れてきたものだ……それで？　あとはどう収拾を付けるつもりだ」

作務衣の男は軽く笑い、着物の女はムスッと不機嫌そうにジト目をシトに向ける。

「もう終わるよ……ほら」

シトは袖に隠れている指で、アヤトと球体のある空を指し示す。　アヤトは、球体に向かって飛んでいた。

脅威を感じたのか、また球体から白い蛇が複数吐き出されるが、どれもアヤトの腕に触れると同時に消滅してしまう。

球体の抵抗も虚しく、アヤトはあっという間に球体に触れられるところまで近付いた。

球体は竜化したアヤトの何倍もの大きさだが、彼は臆することなく拳を腰に引いて構えを取る。

「……ゼツギ……ゼッショウ」

無機質ではあるが、僅かに人の言葉を話すアヤト。そして握り締めた拳を開いて指の第一関節だけを曲げる熊手と呼ばれる形にし、手首を回転させながら球体へ打撃を打ち込んだ。

——ギュルンッ。

普通なら出るはずのない回転音を響かせ、球体の表面が螺旋状に破壊された。

硬質の表面が剥がされて柔らかい部分が露わとなり、そこにアヤトは拳を握り締めて叩き込む。

何度も、何度も、何度も。

六本もある腕を機械で動かしているかの如く、正確に、凄まじいスピードで乱打する。

段々、アヤトは球体の中に入り込んでいった。やがて、アヤトの姿が見えなくなる。

『アアァァァァァァ……』

肉を叩き潰すような音に混じり、球体が怨嗟の声を上げた。今や球体からは、紫色の液体が雨さながらに撒き散らされている。

それはまさに、地獄を表しているような光景だった。

しばらくすると音が止み、球体が破裂する。しかし中に入っていったはずのアヤトの姿がどこにも見えなかった。

「アヤト様は……？　アヤト様はどこです⁉」

「……ふむ、どうやら成功したようじゃな」

狼狽えるココアを他所に、作務衣の男が目を細めて様子を見る。

遠くには、逆さに落ちるアヤトの姿があった。竜の身体が砂のように消えていき、人間の外見に戻っている。

「アヤト様っ！」

目に涙を浮かべて口を押さえていたココアが、誰よりも先にアヤトの落下地点へ駆けだし、そのあとをノワールとオルドラが追う。

「やれやれって感じだね、やっと魔力がなくなったか。一時はどうなるかと思ったけど……これで僕の出番は終わりのようだ」

シトはココアとは反対の方向、ノワールが残した裂け目のある方へと歩いていった。

作務衣の男、着物の女、チユキが自分の後ろを付いてくるのを見て、シトは三人に話しかける。

「君たちはココアちゃんと一緒に行かないのかい？」

「誰が好き好んであんな小僧のとこに行くか！　……早く坊やの顔を見て癒されたいから戻る」

「私もー。カイト君とイチャイチャしたいからか～える！」

「わしもそういうのはノワールに任せるわ。どうせならどうだ、シト？　戻ったらわしと一局」

疲れ切った顔をして肩を解す着物の女と伸び伸びと背伸びをするチユキ。シトは作務衣の男の誘いに「お手柔らかにね？」と受けている。さっきまで起きていた凄まじい出来事が、まるで夢だったみたいに呑気な会話をしていた。

すると、彼らが向かう先の裂け目からメアとカイトが焦った様子で駆け込んできて、チユキが「あっ、カイト君！」と喜ぶ。

「……おや？　どうかしたのかい、メアちゃんとカイト君？」

首を傾げて聞くシトに、息を切らして近付いてきたメアが膝に手を突いて言う。

「アヤトが……アヤトが大変だって！」

「ウルちゃんたちから師匠が大変だって聞いて、そしたらメアさんが急に走りだしまして……」

カイトが遅れて追い付き、簡単な説明をする。

「ああ、まぁ、大変だったよ……でももう大丈夫だと思うよ？　彼はこの先だ」

シトが振り返って、アヤトが落ちた方向を指す。

すると、メアは何も言わずにそちらに走っていった。

「あっ、メアさん！　……俺も師匠とメアさんが心配なんで失礼します」

「カイト君も行くの？　じゃあ、私も行こっと♪」

チユキがカイトの腕に抱き着き、作務衣の男が「お〜、熱いな！」と、戸惑うカイトを茶化す。

「その方がいいかもね……ああ、そうだカイト君」

チユキに絡み付かれたまま向かおうとするカイトを、シトが呼び止めた。

「一応大丈夫だとは思うけど、もしも彼の身にまだ何かが起きそうだったら……任せ・・

たよ」

「……え？」

カイトがなんのことかと聞く前に、シトは作務衣の男たちと一緒に去ってしまった。

「……なんのこと？」

「さぁ？　でも、このまま何事もなく終わらないのかもしれないわね」

チユキからもどかしい返答を貰い、さらに消化不良が加速した状態のままその場に取り残される。

カイトは、モヤモヤした気持ちを抱えてチユキと共にアヤトのもとへ向かった。

メアがアヤトの落ちた場所に着くと、異様な雰囲気に気付く。

ヘレナ、ノワール、ココア、オルドラが黒い鎧を身に纏った者から距離を取っていた。

陥没した地面……恐らく鎧の人物が落下したであろうその場所で佇むその者を警戒しているかのように……

「あ、アヤト、なのか？　おいおい、大丈夫なのかよ、アヤト……そんなボロボロになっちゃってさ……らしくねえぞ？」

不穏な空気が漂う中、メアは戸惑いながらも笑って近付こうとする。

「メア様、お待ちください！」

ココアが制止するも既に遅く、鎧の人物――アヤトがメアの前に瞬間移動して拳を振るった。

ギリギリのところでヘレナが間に入り、その拳を受け止める。

「告。ここを通りたくばヘレナを倒してからにし――」

……が、すぐにアヤトの後ろ回し蹴りを食らってしまい、吹き飛ぶヘレナ。

「っ……!?　ヘレナ！　何やってんだよ、アヤト!?」

メアが大声で問い質したが、アヤトは何も答えず、砕けた鎧の隙間から敵意ある視線を向ける。

状況を把握できてないメアにアヤトは躊躇なく攻撃しようとし、ノワール、ココア、オルドラが止めに入った。

オルドラが目くらましに光を、ココアはアヤトの影を動かして拘束を試み、ノワールは貫手で殺意を持った攻撃を仕掛けた。

アヤトはまず、ノワールの貫手にした右手をへし折って腹部に打撃を与える。ほとんど同時に拘束しようとしてきた影を避けながらココアの顔面を鷲掴みにしてオルドラの方に投げ、二人が重なったところで蹴りを入れてまとめて吹き飛ばした。

「あ……か……!?」

その間、僅か二秒にも満たない。

メアにやや遅れてやってきたカイトは、その光景を目撃していた。

「え……ココアさん⁉　それにオルドラさんに……ノワールさんまで！　何が起こってるんですか、一体……それにあなたのその姿……もしかして師匠？」

混乱するカイトを他所（よそ）に、アヤトの殺気が彼に向けられる。

ノワールたちと同様、カイトを攻撃しようとするアヤトの動きを先に察知したチユキが、カイトとの間に割り込む。

アヤトはスピードを緩めることなくチユキの目の前まで行き、顎に軽い一撃を放った。

「あ、ら……？」

顎を殴られたチユキは脳震盪（のうしんとう）を起こし、足をガクガクさせてその場に座り込んでしまう。

動けなくなった彼女の横を素通りし、アヤトはカイトの前に立った。

「師、匠……？」

アヤトから放たれる威圧が自分に向き、恐怖で足が竦んで動けなくなるカイト。

アヤトの足にチユキがしがみつく。

「ク、フフ……あなた、前に言ったわよね……？　『仲間としてお互いを守り合うこと』って……それを言いだしたあなたが真っ先に約束を破っちゃ……ダメじゃない？」

視界が歪（ゆが）んでいるにもかかわらず、チユキは俯きながら必死に訴えかける。

しかし、それも彼には届かず、アヤトはチユキに向けて足を上げ、踏み付けようとした。

「師匠、何やってんですか！」

その後ろから、カイトが羽交い締めにして止めようとする。

「ホントにあんた、師匠なんですか⁉　何の理由もなくこんなことするなんて思えないんですが……うおっ！」

アヤトは背負い投げの要領でカイトを前方に投げ飛ばした。

宙に舞って逆さになったカイトに向け、アヤトは貫手で攻撃する――

「っ！」

攻撃を受ける瞬間、カイトは腕を回転させた化勁で貫手を受け流し、同時にアヤトの顔面に蹴りを入れた。

そして地面に衝突する直前、先に手を突いてアクロバティックに回転しながら着地する。

普段できないような動きをした自分に対し、カイトは驚く。

「……え？　何が起きて――」

【――『コピープログラム』同調率６％　小鳥遊綾人の記憶ダウンロード不完全　宿主が緊急事態のため深層意識を一時的に全て解放する『オートモード』を開始します】

「同……調……？」

カイトの脳内で、魔城での睡眠時に体験した時と同じ、男性の機械的な声が鳴り響いた。

カイトが混乱している一方、顔を蹴られてのけぞっていたアヤトは、元の体勢に戻って首をポキポキ鳴らす。

「こ、の！」

只事(ただごと)ではないと判断し、咄嗟にメアがアヤトの顔を殴り付ける。

避けなくていいと判断したのか、アヤトはメアの拳を直(じか)に受けた。アヤトがダメージを受けた様子は見られず、逆にメアが殴って赤くなった手をヒラヒラとさせる。

「っつ～……なんつー硬さだよ……！」

そう呟きながら、大して効いた様子の見られないアヤトを涙目で睨むメア。

「メア、さん……」

「おう……って、大丈夫かよ？」

頭を押さえてフラフラしているカイトを見て、メアが心配する。

「あれでも一応、手加減してくれてるんですよね、あの人は……」

「だろうな。じゃなきゃ、今頃俺たちはミンチだ。本来は竜すらぶっ飛ばす力があるんだから」

メアはそう言ったあと、「笑えねー」と付け加えながらも苦笑いする。

すると、そのメアの表情が段々険(けわ)しいものに変化していった。

「ええ、ホンットに……笑えないわよねぇ？」

「メアさん……？」

前髪を掻き上げる動作をしたと思ったら、突然メアの雰囲気や口調が変わった。そのことに違和感を抱くカイト。

「せっかくお姉ちゃんを任せたのに、昨日の今日でこのザマって……まるで私がバカみたいじゃない？」

苛立った声を発するメアに、カイトが恐る恐る近付く。

「メアさん……ですよね？　なんだかいつもと違う気がしますけど……」

「……ん？　何がだ？」

しばらく沈黙したあと、メアはいつもの雰囲気に戻り、キョトンとした。

気のせいだったのかと思いそうになったカイトだが、メアの片目が充血していることに気付く。その姿は、グランデウスとの戦闘時に見た姿と似ていた。

「メアさん、それ……」

「おいおい、なんだよさっきから？　言いたいことがあるならハッキリ言えよ」

メアの状態を教えようかどうか悩むカイト。

「……いえ、さっきメアさんがつまみ食いしてたものの欠片が口に付いてるだけでした」

「マジで⁉　滅茶苦茶カッコ悪いじゃねえか！」

メアは急いで自分の口をゴシゴシ擦るが、それはカイトが誤魔化すために言った嘘である。

　メアが一生懸命口を拭いている間に、カイトは何もせず立ち尽くしているアヤトの前に立つ。

「師匠、少しは理性があるんでしょ？　だから手加減できているんだろうし……ウルちゃんたちも待ってますから、一緒に帰りましょう？」

　そして普通に、まるで友人を遊びに誘うかのように手を出した。

　アヤトはその手を弾き、手刀を振り上げてカイトに向けて下ろす。

「あ――」

　一瞬とも言えるアヤトの動きに遅れ、メアの声が漏れる。

　致命傷を負うかと思われたが、しかしカイトは素早くアヤトに接近し、顎に掌底を一発入れ、さらにそのまま首を掴んで地面に叩き付けた。

　その一連の動きは、普段修業で見せるアヤトの身のこなしとなんら遜色ない。

「……なんだよ、今の動き……？　滅茶苦茶速かった……まるでアヤトみたいじゃねえか⁉」

　驚きの声を上げるメアに、カイトが自分の手を見つめながら答える。

「まるで、か……比喩なんじゃなく、多分『そう』なんだと思う」

「え……？」

　カイトは起き上がろうとするアヤトから少し離れながら、意味が理解できずに首を傾げるメアに対して言葉を続けた。

「俺はメアさんたちよりも弟子になってから日も浅いし、師匠に比べたら赤子みたいなもんだ。なのに師匠の動きが見えて、自然と身体が動いた。俺の身体じゃないみたいに……」

頭の中で鳴り響いた声は「コピープログラムのオートモードを開始する」と言っていた。もしかすると、自分は現在、師匠の能力を一時的に全てコピーしているのではないか――

そう考えながらカイトは拳を握り締め、再び殴りかかってきたアヤトに視線を移して拳を平手で受け止める。

「師匠……いつまでも鎧に引きこもっていないで、出てきてください……よっ！」

今度はカイトから攻撃を仕掛け、アヤトもまた受け流して攻撃し返す。

「おぉっ⁉」

近すぎる間合いで激しい戦闘を繰り広げる二人の圧に負け、数歩後退してしまうメア。

両者は一切防御体勢を取らず、相手の攻撃を受け流してカウンターを放つ。互いに一歩も譲らない、互角の戦いを繰り広げていた……ように見えたが、よく観察すればいくつかカイトの打撃がまともにアヤトに入っている。しかし、カイトの力が足りないのか、アヤトが着ている鎧が硬いのか、いずれにせよアヤトはまったく効いていない様子だった。

一方で、アヤトは先ほどの戦闘で疲れて動きが鈍くなっているらしく、カイトへ攻撃を当てられていない。

どちらも決定打を放てないまま、止まることのない連撃がしばらく続くと、それまで見ているだけだったメアが痺れを切らしてがむしゃらに横槍を入れる。

「……ふんっ！」

メアがアヤトの脇腹に踏み付けるような蹴りを入れ、予想外の威力にアヤトが吹き飛んだ。

「彼女無視して男とイチャイチャしてんじゃねえぞ！　……って、あれ？　俺そんなに力入れたか？」

鳥肌を立てて「ちょっと変なこと言わないでくださいよ！」と抗議するカイトを無視し、メアは首を傾げる。

メアに蹴り飛ばされたアヤトがフラフラと立ち上がった時、彼女に蹴られた脇腹部分の鎧が砕け、彼の皮膚が剥き出しになった。

「案外脆いな、あの鎧？」

「いえ、師匠のアレは脆くないですよ。むしろメアさんの蹴りが……」

カイトがそう言うと、メアは「あぁん？」と彼を睨み付けて黙らせる。

「ともあれ何が起きてるかは分かりませんが……」

カイトがアヤトに向き直り、メアも肩を並べて立つ。

「ああ、今のアヤトに対抗できるんなら……やろうぜ！」

第13話　この想い(おも)をあなたに

「師匠の攻撃は俺がなんとかしますが、あの鎧を破壊する力はありません。なので、隙を見つけたらメアさんが攻撃をお願いします」

「おう、任せろ！」

と、メアは意気込んでいきなりアヤトに向かっていった。

「え……」

「でぇりやぁっ！」

そのまま勢いよくアヤトに向かって飛び蹴りをする……が、その足はいとも簡単に掴まれて、そのままあらぬ方向へ投げ飛ばされてしまう。

「うおぉぉぉぉっ⁉」

「メアさーん⁉」

すぐに復帰(ふっき)できないであろうほど遠くに投げ飛ばされたメアを見て、カイトはひとまず彼女のことは諦めて自分が狙うべき場所を見定める。

再度始まるカイトとアヤトの打ち合い。その中で、カイトはメアが破壊した鎧の脇を重点的に狙った。

「は……ははっ……！」

不意に、カイトが笑いだす。

「師匠は……こんな世界で戦っていたのか！　一歩間違えれば殺されかねない、刹那とも言えるこの命のやり取りの中で！」

不思議な高揚感に包まれているカイトを、意識の戻ったココアが見つめていた。

「アヤト様……これがあなた様の望んだものなのですか……？」

ココアはその時、魔族大陸で閉じ込められていた時に聞いたノワールの言葉を思い出していた。

『そのあまりにも強大な力の裏では、孤独を嫌い、繋がりを求めている。お前たちも契約の時にそれを知っただろう？　そしてさらにその奥にある本当の願いは——自らが育てた者に、命を奪われることだった』

それこそが、悪質な冗談を言わないノワールから聞かされた真実。

このままでは、主の望み通りカイトに殺されてしまうのではないか。ココアは目に涙を浮かべ、胸を締め付けられる思いで戦いを見守っていた。

「オラァァァァッ！　物みたいに扱ってんじゃねえぞ！」

そこに遠くに投げられたメアが凄まじい速度で戻ってきて、アヤトにドロップキックを見舞う。

カイトとの打ち合いに集中していたアヤトは、それを見事に背中へ受けて、鎧の上半身部分のほとんどが砕けた。

「やった……っ！」

姿がほとんど露わになったことで一瞬ホッとしたカイトだったが、アヤトの顔を見て凍り付く。

口の端に吐血した跡があり、瞳の形が竜の如く威圧的なものに変化していた。

そしてメアもまた、アヤトの身体に刻まれた痛々しい傷の数々を初めて目にして固唾を呑む。

「その傷は……⁉」

メアの疑問には誰も答えない。

カイトもアヤトも動こうとせず、その場は膠着状態となっていた。

「師匠……」

自分の師のいたたまれない姿にもどかしさを感じつつ、カイトが先に動いた。

カイトは拳を握り締めてアヤトの顔に打ち込む……という残像だけを残し、その実は背後から回転しながらの肘打ちを食らわせる。

特殊な足運びを応用した虚実技であり、アヤトと同等のレベルまで到達している今のカイトだからこそできたものでもあった。

しかし、アヤトは自らの後頭部に手を回してそれを受け止める。

「さっきより反応が……⁉」

驚いているカイトに対して、アヤトは身体全体を急速に回してカイトの懐に入り込み、仕返しとばかりに肘を鳩尾(みぞおち)へ打ち込もうとした。

反応速度に加えて攻撃のスピードも上がっていることに驚愕しつつも、カイトは身体を捻って回避し、そのまま回転蹴りを放った。

アヤトは軽く跳躍してその蹴りを避け、空中でカイトの顔を鷲掴みにし、膝をカイトの頭上に打ち込む。

「っ⁉」

驚きながらも手の平で防ぐカイト。

「普段の俺だったら、絶対ここまで対抗できなかったよな……コピープログラムにオートモード、やっぱ心当たりがあるとしたら……」

その時カイトが思い浮かべたのは、一度死んだ時に出会ったシトから強引に呑まされた飴(あめ)のことだった。

『これで君も特別だ』と言われたことも思い出し、それ以上の根拠はなくとも確信したカイト。彼はやはり、あの時の飴によってアヤトの経験を受け継いだのである。

仮にも神様なのだから、こうなることを見越して俺にこんな力を授けてくれたのかもしれない――カイトはそう納得し、憧れていた師との対等な戦いに改めて集中する。

カイトはアヤトと比べて武術の知識が乏しいにもかかわらず、次はどの一手を、どのタイミングで放てばいいのかが自然と頭に浮かび、身体が自動的に反応していた。

さらに技、足運び、回避方法など様々な動きがアヤトと酷似していたため、結果的に戦いは平行線を辿る。

だがしかし、いくら動きを真似ていても、カイトとアヤトには根本的なスペックの差……すなわち、身体能力の優劣がある。

地面を割る怪力に加え、三日三晩……下手すれば一週間でも戦い続けられるアヤトのスタミナに対して、カイトは一般的な学生と大差ない。

それなのにカイトが今まで拮抗状態に持ち込めていたのは、アヤト自身が弱体化しているのはもちろんのこと、シトから譲り受けたアヤトの武術的な知識を活かし、最小限の動きで戦っていたからだ。

だが、それも長くは続かない。時間が経過するに連れてジリジリとカイトの体力が削られ、汗、呼吸の乱れ、技のキレが鈍くなるなど、影響が表に出てきてしまっていた。

「くっ……！」

カイトが苦悶の表情を浮かべ、僅かに体勢を崩した瞬間、アヤトが追い打ちをかけてきた。

「カイトッ！」

その瞬間、カイトとアヤトとの間にメアが割って入り、アヤトの攻撃の手を弾く。

僅かな間でカイトは体勢を立て直し、メアと肩を並べてアヤトと向かい合った。

メアとカイトが息を合わせて左右対照に構え、アヤトから習った技、『領域』を発動させる。

本来他者を弾き合うはずの領域同士が重なり、一つになった。

「「ハァッ！」」

「っ……！」

尊敬と愛情……意味合いは違えど、師を想う二人の気迫がアヤトを呑み込み、アヤトの表情が驚きに変わる。

メアは大雑把だが重い一撃を放ち、カイトはアヤトの攻撃を払いつつダメージの通りそうな箇所に打撃を打ち込む。

普段のアヤトなら受け流せるはずの攻撃は弱っている彼に命中し、確実に消耗させていった。

その時、アヤトが歯軋りをする。

「……『絶技・絶掌』……！」

「っ！」

アヤトが小さく呟いた言葉を聞き、身を震わせるカイト。カイト自身は知らずとも、彼に与えられた「知識」がそれを理解して警鐘を鳴らしていた。

「メアさん、下がってください！」

「え……あ――」

状況が読めず動けないメアをカイトは強引に突き飛ばした。

アヤトは熊手の形にした右手を急速に回転させながら、カイトに向かっていく。

そしてカイトもまた左手を熊手にして回転させ、アヤトの技にぶつけた。

――ブシャッ。

赤い液体が二人の周囲に飛び散る。

撒き散らされたのはカイトの腕から流れ出た血。カイトの左腕には、鋭利な刃物で切られたような傷が螺旋状に付けられていた。

一方でアヤトの腕は無事……だが、技を放った右腕が衝撃によって弾かれ、体勢が大きく崩れてしまっている。

「メアさん！」

「おうよ！」

チャンスを報せるカイトの掛け声にメアが即座に呼応して再び肩を並べ、二人は同時に拳をアヤトの胸に向けて放った――

…………………

…………

……

【――宿主の危機が去りました『オートモード』を終了し『コピープログラム』を6％から再開します】

☆★☆★

――ヤト……

何かが聞こえる。

――アヤト――

暗闇の中で、誰かが俺の名前を呼ぶ。

俺の名前……？

自分がアヤトと呼ばれていた……それすらもあやふやな感じだ。

――兄様――アヤト様――！

再び聞こえるのは様々な男女、子供や中年の声……

聞き覚えはあるけれど、やっぱりその声が誰なのかがどうしても思い出せない。

頭に黒いモヤのようなものがかけられているみたいだった。

――師匠！

ただ、その声でハッとした。

「アヤト」「兄様」「アヤト様」「師匠」……ああ、そうだ、それは全部俺の呼び名だ。

ユウキ、ミーナ、カイト……それにメア。

今まで関わってきた奴らの中でも、こいつらの顔が特にはっきりと浮かんだ。

ユウキは付き合いが長い一番の友人だから分かるとしても、出会ってせいぜい数日から数週間しか経ってない他の連中の顔まで出てくるとは……

ミーナは、世間知らずで見ず知らずの俺を世話してくれた。

――アヤト。

カイトは俺に憧れ、自ら弟子になりたいと言ってくれた。

――師匠！

メアは淡い恋心を告白し、一方通行でも愛情を向けてくれると言ってくれた。

――アヤト!!

強く名前を呼ばれ、声のする方向に引き込まれるような感覚に陥る。

どこに連れていかれるのかという不安もなく、暖かく包まれるような光が眼前に広がった――


目を開けた瞬間、見覚えのある天井が目に入り、安心感を覚えた。

まるで悪夢から解放されたようなホッとした気分に、溜息とはまた別の息が大きく出る。

いや、実際悪夢を見ていたのだろう……何もかも、自分のことすら忘れてしまうなんて。

「おや、起きたかい？」

横で、人の声がする。

起きようとしたが、なぜか身体に力が入らず、顔だけを動かすしかなかった。

ゆっくりと右を向くと、そこにいたのはシト……ああ、人じゃなくて神の声だったか。

「気怠(けだる)さはまだあるかい？　……って、その様子を見るに聞くまでもないね」

「これはお前の仕業(しわざ)か？」

訳を知っていそうな言動だったので疑ってみると、シトは困った笑いを浮かべて肩を竦めた。

「まったく、理由もなく僕が君に何かするわけないじゃないか。しかも物理的に」

それは遠回しに理由があったら何かすると言ってるようにも捉えられるが……今はそこまで深く追及しなくていいだろう。

そう思いながら、シトが言葉を続けるのを待つ。

「アヤト君、今の君の状態……何か気が付かないかい？」

「俺の……？」

何言ってるんだと思い、頭を浮かせて自分の身体を確認する。

すると、左腕にメアが絡み付き、布団を被（かぶ）っている胸の上にはミーナが抱き着いて寝ていた。

「……なんだこれ」

「実はね、フィーナちゃんのお見舞いをした時に、君は風邪をうつされてたんだよ。その時に魔力の流れが乱れたのをきっかけに精霊王やノワール君たちとの契約が負荷（ふか）として君にのしかかり、魔力が暴走して今まで倒れていたんだ。彼女らは倒れた君を心配して、ずっと寄り添って看病してくれてたんだよ？　いい彼女だよね」

シトが袖で隠れている右手を突き出す。おそらく、袖の中で親指を立ててグッドサインをしているのだろう。

そのあとに「あ、そうそう。これ、シャードちゃんが処方してくれた薬」と言って左手を出して錠剤（じょうざい）を数粒差し出してきた。

「ちなみに、今は精霊王全員とノワール君、あとはヘレナちゃんかな？　とりあえず君と契約している彼女らには一旦契約を切ってもらってる。しばらくは安静にってね」

魔法で作り出した少量の水を口に含んで錠剤を呑む俺の横で、シトが説明を続ける。

その時、シトがふと出入口の方に視線を向けた。

「いやしかしホント、今回の出来事に関しては、君の弟子に大きく助けられたね。ここにはいないけど」

助けられた……？　ここにいない弟子っていうと、カイトとリナか？

俺の疑問を見抜いたかのように、シトがこちらを見てニッと笑った。

「リナちゃんもいい子だけど、僕が言ってるのはカイト君のことだよ。さすがは僕が見込んだ子だ♪」

さっき言ってた「今回の出来事」というのが何を指してるのかも気になったが、それより「見込んだ子」という言葉が引っかかり、俺は眉をひそめる。

「お前……やっぱカイトに何かしやがったな？」

こいつが見込んだとか、きっとロクなことじゃないんだろうと思う。見込んだって言われてはいないが、シトに選ばれた俺という実例があるのだし。

「うーん、まぁ、ここでバラしちゃうけど、君たちと同じチートっぽいものをちょっと、ね？　彼が一度死んだ時に『飴』を与えたんだ」

「エヘッ！」とあざとく笑うシトだが、腹立たしい気持ちはこれっぽっちも湧いてこなかった。

「そうか……」

「……あれ、怒らないの？」

「怒ってほしいのか？」

キョトンとするシトにフッと笑いかけると、その頬がポッと赤くなる。

「おいやめろ、そこで顔を赤らめるなよ」

「だって僕ってこういう性格だからさ、いろんな人から今まで邪険にされてきたんだよ？　なのにそんな顔されると、色々と目覚めそうで……」

そう言いながらシトはゆっくりと近寄ってくる。

「こっち来んな！　いくら恋愛ごと云々に鈍い俺だって、男を相手にする趣味はねえぞ⁉」

「『男を相手に』、ね……だけどそこは安心してもらっていいよ？」

その言葉と同時に、ベッドに上がろうとするシトの身体が変化し始めた。

白髪の髪が伸びていき、元々中性的だった顔がさらに女寄りになる。胸も膨らませてみせ、シトはすっかり艶かしい少女の姿となってしまった。

「僕たち神に明確な性別は存在しない。だから気に入った存在がいれば男女種族関係なく肩入れするし、深入りして番になろうなんて子もいるんだ。そして僕も……ね？」

妖しげな表情でどんどんこっちに近付いてくるシト。

ヤバい……ヤヴァイ！

いつものシトは感情がなかなか読み取れないのだが、今だけは分かる。こいつ本気だ！

しかも俺がまったく身動き取れない時に限って！

危険が危ないと俺の中のアラームが鳴っているぅぅうっ⁉

変な息遣いで近付いてくるシトにどう対処すればいいか考えていると、扉がガチャリと開く。

「ししょー、起きてますかー？　っていうか、元気――」

入って来たのはカイト。そして俺たちを見て一瞬固まった。

「――みたいですね、失礼しましたー」

映像を巻き戻すかのように扉を閉めて戻ろうとする。

「ヘイ、カイト！　ステイ！　助けて！」

自分でも意味の分からない言葉遣いで、必死にカイトに助けを求めた。

その声が届いたらしく、カイトが扉を半開きにしてこっちをジト目で覗いてきた。

「……起きたようで何よりですが、助けてって言われましても、女の子に囲まれて不便してなさそうな師匠をどう助けろと？」

「うち一名はちゃんとした女じゃないから。性別不明の頭おかしい神様だから、これ！」

「これ」と唯一動く頭でシトを示すと、カイトが細目で観察する。

「そんなに見ちゃダメだよ～……ハッ、まさか可憐で可愛い僕に心を奪われたとか？　それで師弟が僕を取り合おうと⁉　困っちゃうなー？」

シトがチラチラと俺を見て大根芝居をした。

その言動に心当たりがあったのか、カイトがようやくハッとする。

「……シト？」

「あったり～！　ご褒美に頬擦りでも……って、そんなことしたらチユキちゃんに殺されちゃうかな？」

アハハと笑うシト。俺の攻撃をヒラヒラと避けてたお前がどの口で……と思いながら溜息を吐く。

するとシトが空いている俺の右腕を動かし、枕代わりにして横になった。

「……おい」

「まぁまぁ、これくらい甘えるのは許してくれよ。さっきのもあるけど、今回はさすがの僕も疲れたんだ……少し休ませてくれると嬉しいんだけど……」

シトは本気で疲れたようにそう言って目を閉じる。

「何かあったのか？」

「ああ、そうだね。君が寝ている間に、この星の危機が迫ってたんだ。ま、そこは君の魔空間を借りて色々小細工を重ね、最後にメアちゃんとカイト君が頑張ってくれたおかげもあって、危機は回避したよ……」

その時の様子を思い出したのか、「ふぅ」と軽く息を吐くシト。

本当なのかとカイトに視線を向けると、苦笑いが返ってきた。本当らしい。

「おいおい、俺が寝てる間に世界の危機とか……神話級の敵でも出たのかよ？」

「いや、神話級より上だよ。アレはヘレナちゃんやノワール君でも手に負えなかったのだから。だから僕が出張ったわけだけども……」

シトは大きく欠伸をして、頭を乗せてる俺の腕に体重をかけてきた。本当に寝る気か、こいつ？

「師匠」

カイトに名前を呼ばれてそっちを見ると、なぜか嬉しそうな顔をしていた。

「俺、絶対に師匠と同じくらいに……いえ、絶対に師匠より強くなってみせます！」

「え？　お、おう……そりゃもちろん、俺の弟子になったんだから、それくらいにはなってくれないとな」

急に意気込みを宣誓してきたのには戸惑ったが、やる気満々なのはいいことなので当たり前だという感じで返す。

カイトは一礼して、そのまま部屋から出ていってしまった。目がキラキラとしていたけれど、俺が寝ている間に本当に何があったんだろう。

「なぁ、シトーーー」

当事者であろうシトに事情を聞こうとしたら、寝息を立てて眠っていることに気が付く。

まさか神様が人の腕を枕にして熟睡するなんて、事情を知らない奴らは想像すらしないだろうな……なんてことを考えながら、俺も力を抜いて天井を見上げる。

「……浮気者」

小さな声が左から聞こえ、視線を向けるとメアがニヤニヤした顔をして見上げていた。

「やかましい、変態共が。人が動けないのをいいことに夜這い染みたことしやがって……なんだったらお前がこいつら退かせ」

と言ってみたが、メアはこの状況を楽しんでるのか、動こうとしない。

「さーて、どーしよっかなー？　なんだか寝るのが気持ちよくて起きるのが怠いし。その女の子も気持ちよさそうにしてるから、俺も腕枕してもらおうかなー？」

「何なんだよ、お前は……」

浮気者と言う割には、嫉妬してる風には見えなかった。むしろ、何かを待ってるような……？

「アヤト」

今度は胸の上から声がした。

見ると、布団の中から赤い目を光らせる猫一匹、ミーナが俺をジト目で見つめていた。

いや、ジト目というか、起きたばかりの眠さで半目になってるだけか。

「さて、お前はこの二人を退かす勇気があるかな？」

ちょっとゲーム風に言ってみるけれど、お構いなしに俺の胸に頭を擦り付けてくる。

「や」

そしてこの拒否の一言である。

なんで全員、俺を寝具にするんだ……いつから低反発枕になったよ、俺？

「アヤト」

再び俺の名前を呼んで視線を向けてくるミーナ。

「ったく、なんだよ――」

「好き」

ミーナは俺の言葉を遮って一言だけ言い放ち、そしてグッと顔を近付けてきた。

彼女の唇が俺の唇に接触する。

メアがした時と同じく、長いキスだ。今気付いたが、ミーナの上半身は裸である。

キスされながらどうしてこうなったと視線をメアに向けると、俺の彼女は訳知り顔でさっきと同じニヤニヤ顔を見せ付けてきやがってた。

少ししてからミーナが離れる。くっ付いていた口からは糸が引いていたが、それを拭こうにも手が動かないから放っておく。とにかくこの状況の説明が欲しかった。

「メア、説明」

「この女ったらし～、浮気者～♪」

「説明！」

話が進まなそうなので、一喝する。

「なんだ、ここまでされて分かんねえのか？」

「ミーナにされた意味は理解できる。ただ、俺に彼女ができたのにキスしてきたミーナと、それをその場で見ていたにもかかわらず嬉しそうにしてるお前の心情が理解できねえんだよ」

そう言うと、メアはなぜかもっと嬉しそうに笑い、絡み付いている左腕にギュッと力を入れて抱き締めてくる。

「人の心を読めるんじゃなかったっけ、アヤトって？」

「分かるのは感情だけだ。何を思ってそんな感情になってるのかが分からねえんだよ……特に今のお前らがな！」

軽くキレ気味に言ったが、メアはニヒヒと笑うだけ。ミーナに至っては俺の右頬にずっとキスをしてくる始末である。もう収拾つかなくなりそう……

その時、メアが改まった調子で口を開いた。

「……俺さ、ミーナと初めて会った時に、ミーナからアヤトのことが好きだって聞いたんだよ」

メアの説明が始まると、ミーナの口付けがピタリと止む。

「だけど俺も段々とアヤトのこと好きになっちゃって……魔族大陸に行く時に乗った船でそのことをミーナに相談したら、二人で告白しようって話になったんだ。それでどっちが選ばれても恨みっこなし、タイミングは早い者勝ち、ってな。そんで俺が先に告白したわけなんだけど……」

メアは話しているうちに顔が真っ赤になっていたが、ニッと笑った。

「アヤトが恋愛に不器用って知って、『これは！』って思ったんだ……アヤトならどっちかを選んだりなんてしなくていいんじゃないかって！」

何を言ってるんだろう、この娘は……？

決して言っている意味が分からないのではない。分かった上で、俺は混乱していた。つまりそれは……

「俺とミーナ、二人共アヤトの恋人にしてくれよ♪」

合意の上で二股(ふたまた)をしようという提案だった。

「お前、それは……」

「アヤトは俺とミーナが嫌いか？」

意地悪な質問をしてくるメアに俺は何も言い返せず、首を横に振るしかなかった。

「だったら俺たちの愛を受け取れよ、この幸せ者！」

メアもそう言ってキスをしてくる。浮気者の次は幸せ者かよ……

しばらく熱い愛情を二人から向けられたあと、おまけ一人を含めた三人で俺を抱き枕代わりにして眠りに入る。そしてメアが耳元に近付き――

「愛してるぜ……」

ボソッと囁いて、そのまま眠りに落ちた。

「……疲れた」

ようやく静寂が訪れ、俺はポツリと呟く。その疲労の原因は、俺が単に好意を向けられ慣れてないだけという、贅沢なものなのだけれど。

しかしまさか家族以外から愛されることになるとは、夢にも思わなかった。しかも複数人に。タチの悪い冗談だったら対処もしやすいのになとも思ったが、その考えはさすがに彼女らに悪い。

そう、「自分には関係ない」という現実逃避はやめて、彼女たちと向き合わなければならない。それが今の俺にできることだ。

この先もきっと、絶えずあらゆる厄介事が起こるだろう。それでも俺はこいつらと、俺の周りにいる奴らと一緒に乗り越えてやる。

弟子を立派に育て上げ、俺自身もメアたちを愛せるように努力し、そして――

「ここまで言われたら、寿命までは死ねないじゃねえか……」

――心の底で密かに願い続けていた、弟子の手による死を諦めることにして。

願わくば、前途多難な俺の人生に、いつか平穏が訪れますように……


――十年後。


「……と、こんな感じでいいか」

書き物をしていた俺は分厚いノートを閉じ、席を立つ。

そこにノックもなしに部屋の扉が開き、二人の女が入ってきた。

「よっ、終わったか、旦那様？」

金髪の女が背中に抱き着いてくる。さらに、腰には猫耳を生やした黒髪の女が。

メアとミーナだ。あれから十年経った今では二人共、背と髪が伸びて大人の女性に相応しい外見になっていた。ミーナの方は若干、少女らしい雰囲気が抜けてないが……

「なら行こ。みんな待ってる」

「ああ、もうそんな時間だったか？」

ミーナの言葉に答えながら、筆記用具とノートを片付けようと持つ。

「何を書いてたんだ？　新しい魔術式か？」

「それはちょっと前に発表して騒がれただろ？　そういう大層なもんじゃなくて、ただの日記だよ」

「「日記？」」

興味を持った二人が声を揃えて覗き込んでくる。

「そうだ。いろんなところを旅したしな。どうせなら十年前にこの世界に来てからのことを、なるべく思い出せる範囲で書き留めておこうと思ってな」

「ふーん」と興味があるのかないのか微妙な返事が、メアから返ってくる。

「十年前、か……そういやそん時だよな、俺とミーナが同時に告白してアヤトの彼女になったのって？」

「正確にはメアが先に告白した」

ミーナの補足に「だっけ？」と首を傾げるメア。

「最初は二股なんてどうすんだよと思ってたけど、結局最後まで貫いて結婚までしちまったしな」

「そうだな、しかも今は嫁をさらに増やしちまってるし……この女ったらし！　浮気者！」

「久しぶりに聞いたな、それ……」

嫉妬するどころか楽しそうに言うメアに、やれやれと溜息を吐く。

「ししょー？」

すると、今度は男の声が扉の向こうから聞こえてきた。

目を向けると、開いたままのドアから黒髪黒目の男がヒョコッと頭を出して覗き込んでいる。

「どうした、カイト？　また積極的な嫁さんたちから泣いて逃げてきたのか？」

「いつも逃げてるみたいに言うのやめてくれます？　俺だって色々前進してるんですから……」

そう言って部屋に入ってきたカイトの姿は、身長や体格は俺とほぼ変わらないくらいに成長し、本人の自慢だった女顔負けの綺麗な赤い長髪と黄緑色の目はすっかり黒く変色していた。

髪と目の変化に関しては、シトがカイトに与えた力の副産物だと言っていたが……細かい話は結局聞いてない。

さっき俺は「嫁さんたち」と言ったが、カイトの嫁というのはリナとチユキの二人である。

何年か前、カイトとリナが互いに好き合ってることをこいつら自身が告白すると、チユキは「じゃあ三人で一緒になりましょ？」と言い放ち、俺のようなことになったそうだ。

「……って、そんな話をしに来たんじゃないんです！　そろそろ時間ですって！」

「あ、そうだ！　みんな待ってるし、特にフィーナが怒ってたぜ？」

カイトとメアの急かす言葉に「マジか」と答えて、持っていた日記を机の上に戻してコートを羽織ってから部屋の扉に向かう。

「別に怒ってないわよ！　人聞きの悪い……怒ってないけどさっさと来なさいよ！」

と、今度はそのフィーナ様が、乱暴な言い方をしながら若干頬を膨らませて姿を現す。

フィーナはこの十年間で美しく成長しており、男なら思わず飛び付いてしまいそうな妖美な雰囲気を纏っていた。

彼女も正式な俺の妻であり、なんと既に一児の母である。他人事っぽく言ってるが、父親はもちろん俺。

魔族と人間の間には子供が生まれないなんて通説があったらしいが、それを嘲笑うかのようにあっさり懐妊。その時だけはメアたちから嫉妬されたりと、てんやわんやだったが……

「……って、何笑ってんのよ？」

「うん？　笑ってたか……いや、さっきメアたちとの馴れ初めの話をしてたからかね、フィーナが俺に言い寄ってきた時のことを思い出してたんだよ」

と、俺がそう言うとフィーナが顔を真っ赤にしてしまう。

「なっ⁉　あたしからあんたに言い寄ってなんて……」

「……ああ、そういえばフィーナとは亜人大陸に行った時に、酔った勢いで色々やっちまったんだったか。そんで子供もその時に――」

「ぐあぁぁぁぁっ⁉　何口走ろうとしてんのよ、このバカッ⁉」

恥ずかしい過去の記憶を口にしかけた俺を阻止しようと、フィーナが照れ隠しに殴る蹴ると攻撃してきた。もはや殺しにかかってきてるのではと思うくらいに技のキレが凄い。

ちなみに他の奴らの話をすると、異世界人組であるユウキは亜人大陸の獣王に気に入られ夫婦に、エリーゼはガーランドと結婚。ノクトは明確な相手がいないながらも大人びてきたウルとルウから情熱的なアプローチをかけられていて、くっ付くのも時間の問題ではないかと邪推している。

結局元の世界に帰れはしないものの、それぞれの異世界生活を満喫しているようだ。

ノワールや精霊王たち、ヘレナたち竜種、ランカやペルディアは、見た目もやってることも特に変わらず、俺たちの身の回りの世話をしてくれたり、勝手気ままに遊んだりしている。

フィーナの攻撃を止めようともせず、カイトが「じゃ、俺は先に行ってますから」と言ってその場から去るのを見送る。それから俺は、置いた日記の背表紙に書かれているタイトルを一瞥した。

【最強の異世界やりすぎ旅行記】

【小鳥遊綾人】

安心しろよ、十年前の俺。

今の俺は今の暮らしに満足してるし、それに――

「メア、ミーナ、フィーナ」

「なんだ?」

「にゃ?」

「何よ?」

フィーナが攻撃の手を止めるのを確認したあと、メアとミーナとフィーナの三人に向け、俺は笑って躊躇なく言葉にする。

「……お前ら全員、愛してるぜ」

――問題は全部、解決してるから――

あとがき

この度は、文庫版『最強の異世界やりすぎ旅行記5』をお手に取っていただき、誠にありがとうございます。作者の萩場ぬしです。

長らくご高覧(こうらん)いただいていた本作も、ついに最終巻です。

前巻までは魔王をはじめとする強敵を打ち倒し、アヤトたちの冒険もまだまだこれから！　というお話でした。そのため、作者としては名残(なごり)惜しい気もいたしますが、ここでいったんの幕引きとなります。

さて、今巻はそんな一段落した物語が急展開を迎えます。

魔城での騒動やメアとの関係、そしてアヤト自身の暴走など……今までにないくらいの、てんやわんやの大騒ぎを描きました。

加えて、ラストにもかかわらず女魔族のナルシャなど、個性豊かな新キャラも惜しみなく投入。これについては、ただでさえ登場人物が多いのに、さらに新しいキャラクターを増やすのは少々、詰め込みすぎではないかという懸念もありました。けれども、せっかく作ったキャラなので、思い切って登場させることに。

そのほか、書籍版ではアヤトの暴走を予定より早めたり、Ｗｅｂ版には未登場のモブキャラを活躍させたりするなど、内容を大幅に改稿しています。

なるべく後悔を残さぬよう、フィナーレを飾るに相応しい結末に出来たと自負しておりますが、読者の皆様は、いかがでしたでしょうか。

ちょっぴり、やりすぎな感もある彼らの物語を、是非、お楽しみいただけますと幸いです。

それでは皆様、これにてお別れの挨拶となります。またご縁があれば、どこかでお会いできれば嬉しいです。

最後まで本書をお読みいただき、誠にありがとうございました。

二〇二〇年五月　荻場ぬし

アルファライト文庫

この作品に対する皆様のご意見・ご感想をお待ちしております。

おハガキ・お手紙は以下の宛先にお送りください。

【宛先】

〒150-6008 東京都渋谷区恵比寿 4-20-3 恵比寿ガーデンプレイスタワー 8F
（株）アルファポリス　書籍感想係

メールフォームでのご意見・ご感想は右のＱＲコードから、
あるいは以下のワードで検索をかけてください。

ご感想はこちらから

本書は、2019年11月当社より単行本として
刊行されたものを文庫化したものです。

最強の異世界やりすぎ旅行記 5

萩場ぬし（はぎばぬし）

2020年 7月 31日初版発行

文庫編集－中野大樹／篠木歩
編集長－太田鉄平
発行者－梶本雄介
発行所－株式会社アルファポリス
〒150-6008東京都渋谷区恵比寿4-20-3恵比寿ガーデンプレイスタワー8F
TEL 03-6277-1601（営業） 03-6277-1602（編集）
URL https://www.alphapolis.co.jp/
発売元－株式会社星雲社（共同出版社・流通責任出版社）
〒112-0005東京都文京区水道1-3-30
TEL 03-3868-3275
装丁・本文イラスト－yu-ri
文庫デザイン―AFTERGLOW
（レーベルフォーマットデザイン－ansyyqdesign）
印刷－中央精版印刷株式会社

価格はカバーに表示されてあります。

落丁乱丁の場合はアルファポリスまでご連絡ください。

送料は小社負担でお取り替えします。


ISBN978-4-434-27607-1 C0193